folio+ COLLÈGE



# 12 FABLIAUX

TEXTE INTÉGRAL
+dossier par
Lucile Sévin

Les fabliaux sont traduits de l'ancien français par Gilbert Rouger (*Fabliaux*, « Folio classique », Éditions Gallimard, 1978), à l'exception du *Prêtre au lardier* (traduction de Jean Dufournet, *Fabliaux du Moyen Âge*, « GF », Éditions Flammarion, 1998), du *Boucher d'Abbeville* (traduction d'Alexandre Micha, *Fabliaux du Moyen Âge*, La Table Ronde, 1995) et du *Cupide et l'Envieux* (traduction de Violette d'Aignan, *25 fabliaux*, « La bibliothèque Gallimard », Éditions Gallimard, 2001).

**Lucile Sévin** est certifiée de lettres classiques et enseigne au collège Pablo-Picasso, à Harfleur (76).
**Laura Yates** a réalisé les infographies et les pictos.

# 1
# Le roi et le conteur

Un roi avait un ménestrel qui l'amusait de ses récits. Celui-ci avait, une nuit, tant conté qu'il n'en pouvait plus et qu'il voulait aller dormir. Le roi ne le lui permit pas, l'invitant à conter encore et à dire une longue histoire ; puis il irait se reposer. Le ménestrel se rendit compte qu'il ne pouvait faire autrement, et c'est ainsi qu'il commença : « Un homme qui avait cent sous voulut acheter des brebis ; il en acheta donc deux cents, chacune coûtant deux deniers, puis les poussa vers sa maison. Mais on était dans la saison où les rivières sont en crue, où les eaux sortent de leur lit. Ne pouvant pas trouver de pont, il se demandait où passer. Enfin il trouva une barque qui était petite et légère et ne pouvaient y prendre place que le bonhomme et deux brebis. Le vilain embarque deux bêtes, puis vient s'asseoir au gouvernail et navigue tout doucement… » Là-dessus, le conteur se tut. Son maître lui dit de poursuivre. « Sire, la barque est bien petite ; la rivière à franchir est large et les brebis sont très nombreuses. Laissons donc les brebis passer et puis nous reprendrons l'histoire. » Ainsi s'en tira le conteur.

# 2
# Le Cupide et l'Envieux
*par Jean Bodel*

Seigneurs, après avoir conté des fables, je veux m'appliquer à dire la vérité, car celui qui ne sait que réciter des fables n'est pas un conteur digne de servir en haute cour, s'il ne sait dire la vérité avec le mensonge. Mais celui qui excelle dans son métier, il est bien juste qu'entre deux récits légers, il glisse une histoire sérieuse.

C'est vérité prouvée qu'il y a plus de cent ans vivaient deux compagnons, menant une bien mauvaise vie. L'un était si plein d'envie que nul assurément ne pouvait le surpasser et l'autre était si plein de convoitise que rien ne pouvait le contenter. Celui-ci était donc mauvais, car la convoitise est telle qu'elle avilit[1] maints[2] hommes : Convoitise prête en pratiquant l'usure et fait rogner sur les mesures pour satisfaire plus aisément son désir de richesse. Envie est pire encore car elle va excitant le monde.

Un jour, Envieux et Cupide chevauchaient tous deux ensemble quand ils rencontrèrent, je crois bien, saint Martin dans la campagne. Celui-ci n'eut pas besoin de rester longtemps en leur

1. Rend mauvais.
2. Beaucoup.

compagnie pour se rendre compte des intentions mauvaises qui étaient enracinées dans leur cœur. Ils trouvent alors deux chemins fréquentés séparés par une chapelle. Saint Martin s'adresse aux deux hommes qui faisaient si mauvais métier :

« Seigneurs, dit-il, à cette église je prendrai la voie de droite, et il est juste que vous receviez un bienfait de moi. Je suis saint Martin, le prudhomme[1]. Que l'un de vous me demande un don, il obtiendra aussitôt ce qui lui plaira, et l'autre, qui restera silencieux, en recevra immédiatement deux fois plus. »

Cupide alors réfléchit, pensant qu'il laissera l'autre faire sa demande : ainsi, il recevra deux fois plus que lui car il désire ardemment doubler son gain.

« Demande en toute confiance, cher compagnon, dit-il, car tu obtiendras tout ce que tu sauras demander : sois généreux à formuler des souhaits ! Si tu sais te pourvoir en souhaits, tu seras riche tout le restant de ta vie. »

Celui qui avait le cœur plein d'envie ne compte pas demander ce qu'il désire car il mourrait d'envie et de chagrin si l'autre obtenait plus que lui. Ainsi tous deux restèrent longtemps sans rien demander.

« Qu'attends-tu ? Qu'il ne t'en arrive malheur ? fait le Cupide. J'en aurai ma part au double, je ne pourrai pas l'éviter ! Formule ta demande, ou bien je te battrai plus que ne le fut âne sur un pont !

1. Au Moyen Âge, homme sage et avisé.

– Seigneur, répond l'Envieux, je ferai ma demande, sachez-le, avant que vous me fassiez souffrir. Mais si je demandais de l'argent ou des biens, vous voudriez en avoir deux fois plus : eh bien, il n'en est pas question, si je le peux ! Saint Martin, dit-il, voici ce que je vous demande : je veux perdre un œil et que mon compagnon perde les deux : ainsi subira-t-il un double préjudice. »

Aussitôt celui-ci eut les yeux crevés : l'accord fut bien respecté. De leurs quatre yeux, ils en perdirent trois et n'obtinrent rien d'autre ; en revanche, saint Martin rendit l'un borgne, l'autre aveugle, comme ils l'avaient souhaité ! S'ils y perdirent, que je maudisse celui qui le regrette car ils étaient de trop mauvais aloi !

## 3
# Le prudhomme qui sauva son compère

Un jour un pêcheur s'en allait en mer pour tendre ses filets. Regardant devant lui il vit un homme près de se noyer. Il était vaillant et agile ; il bondit, saisit un grappin[1] et le lance, mais par malchance il frappe l'autre en plein visage et lui plante un crochet dans l'œil. Il le tire dans son bateau, cesse de tendre ses filets, regagne la terre aussitôt, le fait porter dans sa maison, de son mieux le sert et le soigne jusqu'à ce qu'il soit rétabli. Plus tard, l'autre de s'aviser que perdre un œil est grand dommage. « Ce vilain-là m'a éborgné et ne m'a pas dédommagé. Je vais contre lui porter plainte : il en aura mal et ennui. » Il s'en va donc se plaindre au maire qui lui fixe un jour pour l'affaire. Les deux parties, ce jour venu, comparaissent devant les juges. Celui qu'on avait éborgné parla le premier, c'était juste. « Seigneurs, dit-il, je porte plainte contre cet homme qui naguère me harponnant de son grappin m'a crevé l'œil : je suis lésé. Je veux qu'on m'en fasse justice ; c'est là tout ce que je demande et n'ai rien à dire de plus. » L'autre répond sans plus attendre : « Seigneurs, je

1. Crochet qui permet d'aborder, petite ancre de marine.

lui ai crevé l'œil et je ne puis le contester ; mais je voudrais que vous sachiez comment la chose s'est passée : voyez si vous me donnez tort. Il était en danger de mort, allait se noyer dans la mer ; mais ne voulant pas qu'il périsse, vite, je lui portai secours. Je l'ai frappé de mon grappin, mais cela, c'était pour son bien : ainsi je lui sauvai la vie. Je ne sais que vous dire encore ; mais, pour Dieu, faites-moi justice. » Les juges demeuraient perplexes, hésitant à trancher l'affaire, quand un bouffon qui était là leur dit : « Pourquoi hésitez-vous ? Celui qui parla le premier, qu'on le remette dans la mer, là où le grappin l'a frappé et s'il arrive à s'en tirer, l'autre devra l'indemniser. C'est une sentence équitable. » Alors tous à la fois s'écrient : « Bien dit ! La cause est entendue. » Et le jugement fut rendu. Quant au plaignant, ayant appris qu'il serait remis dans la mer pour grelotter dans l'eau glacée, il estima qu'il ne saurait l'accepter pour tout l'or du monde. Aussi retira-t-il sa plainte ; et même beaucoup le blâmèrent.

Aussi, je vous le dis tout franc : rendre service à un perfide, c'est là vraiment perdre son temps. Sauvez du gibet[1] un larron qui vient de commettre un méfait, jamais il ne vous aimera et bien plus il vous haïra. Jamais méchant ne saura gré à celui qui l'a obligé : il s'en moque, oublie aussitôt et serait même disposé à lui nuire et à le léser s'il avait un jour le dessus.

1. Potence où l'on pendait les condamnés à mort.

# 4
# La couverture partagée
*par Bernier*

Aujourd'hui je vais raconter une aventure qui fut celle d'un riche bourgeois d'Abbeville, il y a dix-sept ou vingt ans. Il lui fallut quitter sa ville avec son épouse et son fils. S'il abandonna son pays, c'est parce qu'il était en guerre avec gens plus puissants que lui et ne pouvait vivre sans crainte au milieu de ses ennemis. Il vint d'Abbeville à Paris; il y coula des jours paisibles, alla faire au roi son hommage et fut son homme et son bourgeois. Il était sage et très affable[1] et sa femme était d'humeur gaie; quant au fils il n'était ni sot, ni discourtois, ni malappris. Le prudhomme se fit priser dans la rue où il habitait; ses voisins aimaient à le voir et le traitaient avec respect. C'est ainsi, sans se mettre en frais, qu'on gagne l'estime d'autrui : dispensez de bonnes paroles et vous voilà comblé d'éloges; celui qui dit du bien des autres entend parler de lui en bien; celui qui dit et fait du mal devra s'attendre à la pareille. On en voit chaque jour la preuve et l'on dit souvent : c'est à l'œuvre qu'on peut connaître l'artisan.

1. Aimable.

Ainsi le prudhomme passa plus de sept années à Paris ; il achetait et revendait les denrées de sa compétence, exerçant si bien son commerce qu'il sut toujours guider sa barque et qu'il conserva son avoir. C'était un sage commerçant et qui menait très belle vie. Un jour, Dieu voulut qu'il perdît sa compagne de trente années ; ils n'avaient eu d'autres enfants que le garçon dont j'ai parlé. Le jeune homme ne cachait pas à son père son désespoir ; il regrettait souvent sa mère qui l'avait tendrement nourri. Il se pâme tant il la pleure et son père le réconforte : « Beau fils, fait-il, ta mère est morte. Prions Dieu qu'il sauve son âme. Essuie tes yeux et ton visage ; pleurer ne t'est d'aucun secours. Nous mourrons tous, tu le sais bien. Nous devrons tous passer par là : on n'échappe pas à la mort. Beau fils, tu peux te consoler ; tu deviens un beau bachelier[1] et tu es d'âge à te marier. Quant à moi, me voilà bien vieux. Si je te trouvais un parti dans une puissante famille, je t'aiderais de mon avoir ; car tous tes amis sont trop loin pour t'être de quelque assistance, et pour te concilier les autres, tu devras t'imposer à eux. Si je trouvais femme bien née, de bon lieu, de bonne famille, qui ait parents, oncles et tantes, et frères et cousins germains, si j'y voyais ton avantage, tu pourrais compter sur ma bourse. »

Or, seigneurs, comme je l'ai lu, il y avait dans le pays trois chevaliers qui étaient frères. Ils étaient de père et de mère très hautement apparentés, et renommés pour leurs prouesses. Mais

1. Au Moyen Âge, jeune homme célibataire appartenant à la noblesse. Voir *Les mots ont une histoire*, p. 86.

ils n'avaient pas d'héritage, domaines, terres ou forêts, qu'il ne leur fallût mettre en gage pour aller courir les tournois. Ainsi avaient-ils emprunté aux usuriers[1] trois mille livres, ce qui leur causait maints soucis. L'aîné, veuf, avait une fille possédant, venue de sa mère, une belle et bonne maison, vis-à-vis l'hôtel du prudhomme. Le père ne put l'engager; elle rapportait, de loyer, vingt livres parisis par an, cela sans qu'on eût d'autre peine que d'en toucher le revenu. Le prudhomme vint demander la main de cette demoiselle à son père et à ses amis; les chevaliers de s'enquérir de ce qu'il pouvait posséder, tant en biens meubles[2] qu'en argent. Il répondit bien volontiers :

« En deniers et en marchandises, j'ai environ quinze cents livres, à cent livres parisis près. Je serais menteur en disant que j'en possède davantage. Ce fut honnêtement gagné; mon fils en aura la moitié.

– Nous ne pouvons pas accepter, beau sire, font les chevaliers. Si vous deveniez templier[3], ou moine blanc[4] ou moine noir[5], vous laisseriez tout votre avoir ou au Temple ou à l'abbaye. Impossible d'être d'accord; non, seigneur, non, sire, ma foi.

– Et pourquoi donc, dites-le-moi ?

– Il faut donner à votre fils la totalité de vos biens : qu'il soit maître absolu de tout et que tout vienne dans ses mains afin

1. Personnes qui prêtent de l'argent en demandant un remboursement avec un intérêt important.
2. Biens qu'on peut déplacer (par opposition aux biens immobiliers que sont les maisons).
3. Moine appartenant à l'ordre du Temple.
4. Moine appartenant à l'abbaye de Cîteaux et dont l'habit est clair.
5. Moine appartenant à l'ordre de Cluny. Ces bénédictins s'habillaient en noir.

que ni vous ni personne ne puissiez rien lui réclamer. Si vous voulez bien l'octroyer, le mariage sera fait. Autrement nous nous refusons à lui donner la demoiselle.»

Le père un instant réfléchit; il jeta les yeux sur son fils et puis il réfléchit encore; mais ce fut temps mal employé. Enfin, il répond et leur dit : « Vos désirs seront satisfaits, et ce sera par cet accord : si le mariage se fait, mon fils aura tout ce que j'ai, et, je le dis devant témoins, j'entends qu'il ne me reste rien; je me dessaisis de mes biens et lui laisse tout mon avoir.» Ainsi le père se dépouille devant témoins de ce qu'il a. Aussi nu qu'un rameau pelé, il ne pourra plus disposer d'un denier vaillant si son fils ne consent à le lui bailler[1]. Sitôt qu'il eut ainsi parlé, le chevalier, sans hésiter, saisit sa fille par la main pour la donner au bachelier, qui épousa la demoiselle.

Pendant deux ans, mari et femme vécurent en paix bellement. Enfin la dame eut un enfant qui fut l'objet de tous ses soins; elle-même fut bien choyée : elle prit maintes fois des bains; on célébra ses relevailles[2]. Depuis douze ans déjà passés, le père vivait chez son fils. C'est la mort qu'il s'était donnée quand pour vivre à charge d'autrui il abandonna son avoir. Le petit-fils, qui grandissait, se rendait bien compte de tout; il avait souvent entendu rappeler ce que son grand-père avait fait pour faciliter le mariage de ses parents et ne l'avait pas oublié. Le prudhomme devenu vieux et décrépit par les années marchait en s'aidant d'un bâton.

---

1. Donner.
2. Fête célébrée après l'accouchement. La jeune mère se fait bénir par le prêtre.

Impatient de le voir mourir, le fils n'eût pas demandé mieux que d'aller quérir son linceul. La bru, qui était orgueilleuse, n'avait pour lui que du mépris et le voyait à contrecœur. Elle ne put se contenir et dit un jour à son mari :

« Je vous en supplie, par amour, donnez congé à votre père. Jamais, par l'âme de ma mère, je ne prendrai de nourriture tant que je le saurai céans[1]. Veuillez donc le mettre à la porte.

– Dame, dit-il, ainsi ferai-je. »

Le fils, tremblant devant sa femme, aussitôt va trouver son père et sans préambule lui dit :

« Père, père, il vous faut partir, car on n'a que faire de vous. Cherchez donc votre vie ailleurs. On vous a donné à manger dans ma maison douze ans et plus. Allez, levez-vous, faites vite ; il le faut, et dès maintenant. »

Le père pleure amèrement et il maudit le jour et l'heure où il est venu en ce monde.

« Ah ! beau doux fils, que dis-tu là ? C'est pour l'honneur que tu me portes que tu me condamnes ta porte ? Je tiendrai peu de place ici. Je ne demande pas de feu, ni courtepointe[2] ni tapis ; mais dehors, sous cet appentis, fais-moi bailler un peu de paille. Si je mange un peu de ton pain, ne me chasse pas de chez toi. Peu me chaut[3] d'être dans la cour pourvu qu'on me donne à manger. Pour le temps qui me reste à vivre, tu ne dois pas m'abandonner.

1. Ici, à la maison.
2. Couverture.
3. Peu m'importe.

Tu peux, en me faisant du bien, plus sûrement expier tes fautes que si tu portais une haire[1].

– Cher père, répond le jeune homme, ces paroles sont inutiles. Faites vite et allez-vous-en, car ma femme en perdrait la tête.

– Mon beau fils, où veux-tu que j'aille ? Je n'ai plus vaillant une maille.

– Allez-vous-en donc par la ville et vous en verrez plus de mille qui peuvent y trouver leur vie ; ce serait là grande misère si vous n'y trouviez pas la vôtre ; à chacun de courir sa chance ! Des gens qui vous reconnaîtront vous prêteront bien leur maison.

– Leur maison ? Fils, que leur importe quand tu me chasses de chez toi ? Puisque tu ne veux pas m'aider, ces gens qui ne me seront rien le feront-ils tous à l'envi[2] ?

– Père, dit-il, je n'en peux mais ; et si j'en prends sur moi le faix[3], sais-tu si c'est de mon plein gré ? »

Le père éprouve un tel chagrin qu'il pense avoir le cœur brisé. Tout faible qu'il est, il se lève et va vers la porte en pleurant. « Fils, je te recommande à Dieu. Puisque tu veux que je m'en aille, au nom du ciel accorde-moi quelque lambeau de serpillière ; ce n'est pas une chose chère, je ne puis supporter le froid. Je le demande pour couvrir ma robe qui est trop légère. » Mais le fils rechigne à donner, et dit : « Père, je n'en ai pas. Donner, il n'en est pas question et il faudrait, pour que tu l'aies, qu'on me l'arrache ou me le vole.

1. Chemise en crin ou en poil de chèvre. On la portait à même la peau dans un esprit de mortification.
2. À qui mieux mieux.
3. La charge, le fardeau.

– Beau doux fils, vois comme je tremble. Je redoute tant la froidure ! Donne-moi une couverture prise sur le dos d'un cheval, que le froid ne me fasse pas mal. » Le fils veut s'en débarrasser et voit qu'il n'y peut arriver sans lui accorder quelque chose. Il appelle alors son enfant qui bondit sitôt qu'il l'entend et s'écrie :

« Que voulez-vous, sire ?

– Si tu trouves l'étable ouverte, donne à mon père une couverte qu'on met sur mon cheval morel[1] ; il pourra s'en faire un manteau, une chape[2], une pèlerine. Tu lui choisiras la meilleure. »

L'enfant, qui était avisé, lui dit : « Beau grand-père, venez. » Le vieillard suit son petit-fils, plein de colère et de chagrin. L'enfant trouve les couvertures, prend la meilleure et la plus neuve et la plus grande et la plus large ; l'ayant pliée par le milieu, il la coupe avec son couteau du mieux qu'il peut et au plus juste, en donne au vieillard la moitié.

« Beau fils, dit celui-ci, que faire puisque tu l'as coupée en deux ? Ton père me l'avait donnée. De ta part, c'est vraiment cruel. Ton père t'avait commandé de me la donner tout entière. Je vais revenir le trouver.

– Allez, dit-il, où vous voudrez. De moi vous n'aurez rien de plus. »

Le vieillard sort de l'écurie.

« Fils, on se moque de tes ordres. Que ne reprends-tu ton

1. Cheval à robe noire luisante.
2. Grande cape. Voir *Les mots ont une histoire*, p. 86.

enfant : il semble qu'il ne te craint guère ? Ne vois-tu pas qu'il a gardé la moitié de la couverture ?

– Maudit sois-tu, fils ! dit le père. Donne-la-lui donc tout entière.

– Je n'en ferai rien, dit l'enfant. Que pourrais-je un jour vous offrir ? Je vous en garde la moitié et c'est tout ce que vous aurez. Quand je serai le maître ici, je partagerai avec vous comme vous faites avec lui. Il vous a laissé tout son bien, et j'entends tout avoir aussi. Vous n'aurez de moi rien de plus que ce qu'il reçoit aujourd'hui. Laissez-le mourir de misère et, si Dieu veut me prêter vie, moi je vous rendrai la pareille. »

Le père l'entend et soupire ; il réfléchit, rentre en lui-même aux propos que l'enfant lui tient : il a bien compris la leçon. Vers son père il tourne la tête et lui dit : « Père, revenez. C'est le démon et le péché qui m'ont, je crois, tendu un piège ; mais je ne m'y ferai pas prendre, car je vous fais seigneur et maître de ma maison, à tout jamais. Si l'autre ne veut pas la paix et ne peut pas vous supporter, ailleurs vous serez bien servi. Vous aurez tout à votre gré, et courtepointe et oreiller, et je le dis par saint Martin, je ne boirai jamais de vin ni ne mangerai bons morceaux que vous n'en ayez de meilleurs ; vous serez en chambre bien close, avec beau feu de cheminée ; vous serez vêtu comme moi. Vous avez tenu vos promesses et si je suis riche aujourd'hui, c'est de votre avoir, beau doux père. »

Seigneurs, voyez dans cette histoire un bon et clair enseignement. Un enfant du cœur de son père chassa les mauvaises pensées. Ceux qui ont des fils à marier, qu'ils se mirent dans cet exemple. Lorsque vous êtes en avant, ne vous mettez pas en arrière. Ne donnez rien à vos enfants que vous ne puissiez recouvrer : ils sont, croyez-le, sans pitié ; ils en ont assez de leur père s'il ne peut plus leur être utile. C'est ici-bas grande pitié de vivre à la merci d'autrui et d'attendre qu'on vous nourrisse. Il faudra bien vous en garder. Voici l'exemple et la morale qu'ici vous a donnés Bernier ; il a fait du mieux qu'il a pu.

# 5
# Les perdrix

Puisqu'il est dans mon habitude de vous raconter des histoires, je veux dire, au lieu d'une fable, une aventure qui est vraie.

Un vilain, au pied de sa haie, un jour attrapa deux perdrix. Il les prépare avec grand soin ; sa femme les met devant l'âtre[1] (elle savait s'y employer), veille au feu et tourne la broche ; et le vilain sort en courant pour aller inviter le prêtre. Il tarda tant à revenir que les perdrix se trouvaient cuites. La dame dépose la broche ; elle détache un peu de peau, car la gourmandise est son faible. Lorsque Dieu la favorisait, elle rêvait, non d'être riche, mais de contenter ses désirs. Attaquant l'une des perdrix, elle en savoure les deux ailes, puis va au milieu de la rue pour voir si son mari revient. Ne le voyant pas arriver, elle regagne la maison et sans tarder elle expédie ce qui restait de la perdrix, pensant que c'eût été un crime d'en laisser le moindre morceau. Elle réfléchit et se dit qu'elle devrait bien manger l'autre. Elle sait ce qu'elle dira si quelqu'un vient lui demander ce qu'elle a fait de ses perdrix :

1. La cheminée.

elle répondra que les chats, comme elle mettait bas la broche, les lui ont arrachées des mains, chacun d'eux emportant la sienne. Elle se plante dans la rue afin de guetter son mari, et ne le voit pas revenir; elle sent frétiller sa langue, songeant à la perdrix qui reste : elle deviendra enragée si elle ne peut en avoir ne serait-ce qu'un petit bout. Détachant le cou doucement, elle le mange avec délices; elle s'en pourlèche les doigts. «Hélas! dit-elle, que ferai-je? Que dire, si je mange tout? Mais pourrais-je laisser le reste? J'en ai une si grande envie! Ma foi, advienne que pourra; il faut que je la mange toute.» L'attente dura si longtemps que la dame se rassasia.

Mais voici venir le vilain; il pousse la porte et s'écrie :

«Dis, les perdrix sont-elles cuites?

– Sire, fait-elle, tout va mal, car les chats me les ont mangées.»

À ces mots, le vilain bondit et court sur elle comme un fou. Il lui eût arraché les yeux, quand elle crie :

«C'était pour rire. Arrière, suppôt de Satan! Je les tiens au chaud, bien couvertes.

– J'aurais chanté de belles laudes[1], foi que je dois à saint Lazare. Vite, mon bon hanap[2] de bois et ma plus belle nappe blanche! Je vais l'étendre sur ma chape[3] sous cette treille, dans le pré.

– Mais prenez donc votre couteau; il a besoin d'être affûté et

1. Office religieux qui a lieu le matin, à l'aurore. L'expression est ironique, ici : «Je t'aurais fait des éloges.»
2. Grand vase en métal utilisé au Moyen Âge pour boire. Voir *Les mots ont une histoire*, p. 86.
3. Grande cape. Voir *Les mots ont une histoire*, p. 86.

faites-le couper un peu sur cette pierre, dans la cour.» L'homme jette sa cape et court, son couteau tout nu dans la main.

Mais arrive le chapelain[1], qui pensait manger avec eux; il va tout droit trouver la dame et l'embrasse très doucement, mais elle se borne à répondre :

« Sire, au plus tôt fuyez, fuyez ! Je ne veux pas vous voir honni, ni voir votre corps mutilé. Mon mari est allé dehors pour aiguiser son grand couteau; il prétend qu'il veut vous couper les couilles s'il vous peut tenir.

– Ah ! puisses-tu songer à Dieu ! fait le prêtre, que dis-tu là ? Nous devions manger deux perdrix que ton mari prit ce matin.

– Hélas ! ici, par saint Martin, il n'y a perdrix ni oiseau. Ce serait un bien bon repas; votre malheur me ferait peine. Mais regardez-le donc là-bas comme il affûte son couteau !

– Je le vois, dit-il, par mon chef. Tu dis, je crois, la vérité.»

Et le prêtre, sans s'attarder, s'enfuit le plus vite qu'il peut. Au même instant, elle s'écrie :

« Venez vite, sire Gombaut.

– Qu'as-tu ? dit-il, que Dieu te garde.

– Ce que j'ai ? Tu vas le savoir. Si vous ne pouvez courir vite, vous allez y perdre, je crois; car par la foi que je vous dois, le prêtre emporte vos perdrix.»

Pris de colère, le bonhomme, gardant son couteau à la main, veut rattraper le chapelain. En l'apercevant, il lui crie : « Vous

1. Prêtre. Voir *Les mots ont une histoire*, p. 86.

ne les emportez pas ! » Et de hurler à pleins poumons : « Vous les emportez toutes chaudes ! Si j'arrive à vous rattraper, il vous faudra bien les laisser. Vous seriez mauvais camarade en voulant les manger sans moi. » Et regardant derrière lui, le chapelain voit le vilain qui accourt, le couteau en main. Il se croit mort, s'il est atteint ; il ne fait pas semblant de fuir, et l'autre pense qu'à la course il pourra reprendre son bien. Mais le prêtre, le devançant, vient s'enfermer dans sa maison.

Le vilain chez lui s'en retourne et il interroge sa femme : « Allons ! fait-il, il faut me dire comment il t'a pris les perdrix. » Elle lui répond : « Que Dieu m'aide ! Sitôt que le prêtre me vit, il me pria, si je l'aimais, de lui montrer les deux perdrix : il aurait plaisir à les voir. Et je le conduisis tout droit là où je les tenais couvertes. Il ouvrit aussitôt les mains, il les saisit et s'échappa. Je ne pouvais pas le poursuivre, mais je vous ai vite averti. » Il répond : « C'est peut-être vrai ; laissons donc le prêtre où il est. » Ainsi fut dupé le curé, et Gombaut, avec ses perdrix.

Ce fabliau nous a montré que femme est faite pour tromper : mensonge devient vérité et vérité devient mensonge. L'auteur du conte ne veut pas mettre au récit une rallonge et clôt l'histoire des perdrix.

# 6
# Le prêtre qui mangea les mûres
*par Garin*

Qu'on en ait colère ou dépit, je veux, sans prendre de répit, vous dire l'histoire d'un prêtre comme Garin nous la raconte. Il voulait aller au marché; il fit donc seller sa jument qui était grande et bien nourrie et qu'il avait depuis deux ans. Elle n'avait ni soif ni faim, ne manquant de son ni d'avoine. Le prêtre à partir se prépare, se met en selle et se dirige vers le marché sur sa monture. Je me rappelle la saison : je sais que c'était en septembre où les mûres sont à foison. Le prêtre va, disant ses heures, ses matines et ses vigiles[1]. Mais presque à l'entrée de la ville, à distance d'un jet de fronde, il y avait un chemin creux. Jetant les yeux sur un buisson, il y voit quantité de mûres et se dit alors que jamais il n'en rencontra d'aussi belles. Il en a grand-faim, grand désir; il fait ralentir sa jument et puis l'arrête tout à fait. Mais il redoute les épines et les mûres les plus tentantes se trouvent en haut du buisson : il ne peut les atteindre assis. Aussitôt le prêtre se hisse; sur la selle il monte à deux pieds et se penchant sur le roncier il mange avec avidité

1. Prières.

les plus belles qu'il a choisies ; et la jument ne bronche pas. Quand il en eut assez mangé et qu'il se sentit rassasié, sans bouger il baissa les yeux et vit la jument qui restait immobile auprès du buisson. Debout, les deux pieds sur la selle, le prêtre s'en réjouit fort. « Dieu, fait-il, si l'on disait hue ! » Il le pense et en même temps il le dit : la jument surprise fait un bond soudain et le prêtre va culbuter dans le buisson. Il est si bien pris dans les ronces que, pour cent onces d'argent fin, il ne saurait s'en dégager. La jument va, traînant les rênes, la selle tournée de travers et court à la maison du prêtre. Quand les serviteurs la revoient, on se désole, on se lamente. La femme du prêtre se pâme, croyant son mari déjà mort. Dans la maison, quel désespoir ! Ils vont courant vers le marché ; ils ont tant cherché, tant marché qu'ils arrivent près du buisson où le prêtre était en détresse. Les entendant se désoler, il se met alors à crier : « Eh bien ! eh bien ! où allez-vous ? Je suis là tout endolori, accablé, perclus, défaillant ; je suis en bien triste posture, lardé de ronces et d'épines ! » Et ses gens de lui demander :

« Sire, qui vous a hissé là ?

– Malheur ! fait-il, je suis tombé. Je passais, hélas, par ici et cheminais disant mes heures. Je fus si tenté par les mûres qu'à aucun prix je ne voulus aller plus loin sans en manger. Par hasard il est arrivé que le roncier m'a accroché. Aidez-moi à sortir d'ici ; car je ne désire autre chose que de trouver la guérison et d'être en paix dans ma maison. »

Le fabliau peut nous apprendre que celui-là n'est pas bien

sage qui raconte tout ce qu'il pense. Grand dommage en ont, et grand-honte, beaucoup de gens, cela est vrai. Ainsi advint-il au curé.

# 7
# Le prévôt[1] à l'aumusse[2]

Il y avait un chevalier — comme ce fabliau le conte — qui pouvait passer pour un comte. Il était riche et bien pourvu, et il avait femme et enfants selon la coutume et l'usage. Jamais, pendant plus de vingt ans, il ne chercha noise à personne. Aimé des gens de sa maison, il l'était de tout le pays. Un beau jour le désir lui vint de partir en pèlerinage pour prier le baron[3] saint Jacques. Il avait chez lui un prévôt qu'il chargea de garder sa terre : un franc coquin, une canaille, mais que l'argent faisait valoir, comme il arrive à maints gredins. Ce prévôt s'appelait Grevais, un fils d'Erambaut Brache-Huche ; sur sa tête large et carrée, l'hiver, il portait une aumusse de bureau[4], chaudement fourrée.

Le chevalier, bien entendu, règle tout avant son départ. Un jour il quitte son logis pour entreprendre son voyage. Par plaines, par bois il chemine tant qu'il arrive à Compostelle : il offre plus de vingt deniers et prend le chemin du retour pour gagner tout droit sa maison. Le voici enfin parvenu à une journée de sa terre.

---

1. Officier dépendant d'un noble, chargé de lever l'impôt et de rendre la justice.
2. Bonnet en étoffe, doublé de fourrure. Voir *Les mots ont une histoire*, p. 86.
3. Titre honorifique accompagnant le nom d'un saint. Voir *Les mots ont une histoire*, p. 86.
4. Grosse étoffe de laine.

Au petit matin il envoie l'un de ses écuyers pour dire à sa femme et à ses amis de venir au-devant de lui, afin qu'ils partagent sa joie; il le prie de faire apprêter un beau repas, viande et poisson, avec de bons vins à plenté[1], pour que chacun boive à son gré. L'écuyer fait donc diligence si bien qu'il arrive au château où on l'accueille à bras ouverts. Les amis du chevalier viennent le lendemain à sa rencontre; c'est à grande joie qu'ils l'escortent. Le repas était préparé : Grevais ne s'est pas oublié; il devance tous les convives et fait mine d'être joyeux. Quant au maître, il a l'œil à tout et prend soin de ses invités; il veut honorer son prévôt qu'il fait asseoir en bonne place auprès d'un riche chevalier, devant le fils de Micleart. On sert, pour le premier service, de grandes écuelles de pois, avec de gros quartiers de lard. C'est un plat qui plaît au prévôt; le lard appétissant le tente et l'idée lui vient aussitôt d'en dérober un beau morceau; il se dit qu'en le ménageant il le fera durer longtemps. Mais le chevalier qui était son plus proche voisin de table, devisant avec un ami, ne remarqua pas le larcin. Derrière lui, l'autre se baisse, comme s'il voulait se moucher, glisse le lard dans son aumusse qui était large et très profonde et puis la remet sur sa tête, tout comme si de rien n'était. Un valet porte au feu du bois qui bientôt se met à flamber. Grevais eût voulu s'écarter, mais il ne pouvait pas bouger assis juste à l'angle du mur. Il commence à avoir trop chaud et le lard fond sous son bonnet lui dégoulinant sur les yeux, sur le visage

1. En abondance.

et la poitrine, telle grasse viande de vache. Devant lui servait un valet : voyant le prévôt mal en point sous son aumusse bien fourrée, il se saisit d'une baguette, il lui fait sauter son bonnet et le lard va dégringoler sur le manteau du chevalier.

Oyez ce que fit le prévôt : d'un bond il enjambe le feu, court au plus vite vers la porte. Mais les écuyers qui servaient, ayant remarqué son manège, lui baillèrent un grand soufflet[1] et l'étalèrent à plat ventre avant de le rouer de coups. Au bruit viennent les cuisiniers : sans demander ce qu'il en est, ils tirent des bûches du feu et se précipitent sur lui. A coups de pied, à coups de poing, à coups de bâton, ils l'étrillent[2] tant qu'ils lui meurtrissent les reins et lui font plus de trente plaies : le prévôt en chie dans ses braies[3]. Ils finissent par le traîner hors de la maison par les bras et le jettent dans un fossé en compagnie d'un chien crevé.

La leçon de mon fabliau, c'est que les voleurs s'enrichissent mais que, pour la foi des pauvres gens, ils sont accablés de malheurs par Dieu qui fut mis sur la croix.

1. Lui donnèrent une gifle.
2. Le malmènent, le maltraitent.
3. Pantalon. Voir *Les mots ont une histoire*, p. 86.

# 8
# Le prêtre au lardier[1]
## *(Baillet le savetier)*

C'est une histoire décente que je veux vous raconter pour vous faire rire, celle d'un brave savetier nommé Baillet; mais par malchance, il épousa une très belle femme, ce qui fit son malheur, car elle se lia avec un prêtre joli cœur. Mais le savetier sut fort bien s'en tirer.

Quand Baillet sortait de sa demeure, le prêtre venait rapidement. De la savetière, il fourbissait l'anneau, et tous deux prenaient bien du bon temps; des meilleurs morceaux ils se gobergeaient[2] et n'étaient pas économes du vin le plus fort.

Le brave savetier avait une fille d'environ trois ans qui parlait très bien. Elle dit à son père qui cousait des souliers : « De vrai, ma mère est triste que vous restiez tant à la maison. » Baillet répondit :

« Pourquoi, mon enfant?

– Parce que le prêtre a grand-peur de vous. Mais quand vous allez vendre vos souliers aux gens, alors vient sans attendre monseigneur Laurent. Il fait apporter des plats succulents, et

1. Grand tonneau dans lequel on stocke la viande de cochon pour la saler.
2. Faisaient bombance, mangeaient en quantité (familier). Voir *Les mots ont une histoire*, p. 86.

ma mère fait des tartes et des pâtés. Quand la table est mise, on m'en donne beaucoup. Mais je n'ai que du pain quand vous ne bougez pas.»

Baillet n'eut plus de doute, en l'entendant parler : il n'avait pas sa femme pour lui tout seul. Mais il n'en laissa rien paraître jusqu'à un lundi où il dit à sa femme : «Je vais au marché.» Elle, qui aurait voulu le voir écorché, lui lança : «Partez vite et bonne chance!»

Quand elle pensa qu'il fut éloigné, elle appela le prêtre qui vint tout joyeux. Ils s'empressèrent de préparer à manger, puis firent couler un bain pour s'y baigner tous deux. Mais Baillet n'éprouva pas la moindre gêne : droit à sa maison, il s'en revint tout seul.

Le prêtre en toute sécurité pensait se baigner. Baillet, par un trou du mur, le vit se déshabiller. Alors il frappa à la porte et se mit à appeler. Sa femme l'entendit, sans savoir que faire, et elle dit au prêtre : «Fourrez-vous dans le lardier, et ne dites mot.»

Baillet vit leur manège et toute la scène. Alors la savetière l'appela et dit : «Bienvenue à vous, sire! Sachez tout de suite que j'étais certaine de votre retour. Votre dîner est prêt, et tout chaud le bain où vous vous baignerez. Oui, je l'ai préparé par amour pour vous, car il vous faut beaucoup peiner chaque jour.» Baillet, qui pensait à un tour de sa façon, lui dit : «Dieu m'a aidé en tous points, mais il me faut de suite retourner au marché.» Le prêtre en fut fort joyeux dans sa cachette.

Mais il ignorait ce que Baillet avait en tête. Il appela le plus grand nombre de ses voisins. Il les fit bien boire, puis leur dit :

« Sur une charrette il me faut hisser ce vieux lardier que je dois aller vendre. » Le prêtre se mit à trembler : il était transi.

On fit sur l'heure charger le lardier et Baillet, sans tarder, le fit mener parmi la plus grande foule qu'il put trouver. Mais le malheureux prêtre, qui était prisonnier, avait un frère, un riche curé du voisinage. Il vint par là, sur une riche monture, car il avait appris la fâcheuse aventure. Par une fente du lardier, son frère le reconnut et se mit à hurler : « *Frater, pro Deo, delibera me*[1] *!* » Quand Baillet l'entendit, il s'écria : « Voyez, mon lardier a parlé latin ! Je voulais le vendre mais, par Saint-Simon, il vaut de l'argent ; nous le garderons. Qui lui a appris à parler latin ? Nous le ferons mener devant l'évêque, mais avant je le ferai parler ici même. Longtemps, je l'ai gardé, je veux m'en amuser. »

Alors le frère du prêtre lui parla en ces termes : « Baillet, si tu veux rester mon ami, vends-moi ce lardier et, je te le promets, je l'achèterai au prix que tu voudras. » Baillet répondit : « Il vaut beaucoup d'argent, puisqu'il parle latin devant les gens. »

Vous allez comprendre l'astuce de Baillet. Pour mieux le vendre, il prit un gros maillet, puis jura par Dieu qu'il donnerait au lardier une telle raclée qu'il serait brisé, s'il ne voulait pas encore dire assez de latin. Une grande foule s'était rassemblée autour.

Beaucoup pensaient que Baillet était fou ; mais c'étaient eux les fous. Il jura par saint Paul que, du gros maillet qu'il portait au cou, il mettrait le lardier en mille morceaux. Le malheureux

1. « Frère, au nom de Dieu, délivre-moi ! »

prêtre, qui était dedans, ne savait que faire : il en perdait presque le sens.

Il n'osait se taire, ni n'osait parler. Il se mit à prier le Roi de bonté. « Comment ? dit Baillet. Faut-il tant tarder ? Si tu ne parles illico, méchant lardier, je vais te réduire en miettes. » Alors le prêtre dit, n'osant plus attendre : « *Frater, pro Deo, me delibera ; reddam tam cito*[1] ce qu'il coûtera. » Quand Baillet l'entendit, il s'écria à haute voix : « Les savetiers doivent m'aimer sincèrement, puisque je fais parler latin à mon lardier. » Alors le frère du prêtre dit :

« Baillet, mon cher voisin, comme je vous en prie, vendez le lardier. Ce serait folie que vous le cassiez. Ne me faites pas tout le mal que vous pouvez.

– Sire, répondit Baillet, sur les saintes reliques, je vous jure que j'en aurai vingt livres en bon parisis. Il en vaut trente, car il est très malin. »

Le prêtre n'osa refuser le prix. À Baillet il alla compter vingt livres. Puis il fit porter le lardier en un lieu où, sans témoins, il libéra son frère. Il fut pour lui un bon ami en ce besoin, car il lui évita d'être couvert de honte.

Baillet eut vingt livres par sa seule astuce. Ainsi fut délivré monseigneur Laurent. Je crois que jamais depuis il n'eut l'idée d'aimer d'amour la femme d'un savetier. Par cette histoire, je puis vous attester qu'il est bon de se méfier de l'œil d'un enfant : *Ex*

1. « Je te rendrai bien vite. »

*oculo pueri noli tua facta tueri*[1], car, par la fillette, le fait fut connu : elle était toute jeune. Il n'est pas de si grand prélat qui, s'il s'était frotté à un savetier, n'eut pas le dessous à la fin des fins. Veillez, vous les jolis cœurs, à ne pas être mis dans un tel lardier.

1. « Ne laisse pas voir tes actes par les yeux d'un enfant. »

# 9
# Brifaut

L'idée m'est venue de conter l'histoire d'un riche vilain qui n'était pas des plus malins et qui fréquentait les marchés à Arras et à Abbeville. Voulez-vous l'ouïr ? La voici. Mais je veux qu'on m'écoute bien.

Ce vilain s'appelait Brifaut. Un jour, s'en allant à la foire, il avait chargé ses épaules de dix aunes[1] de bonne toile qui, devant, lui battait l'orteil et qui traînait sur ses talons. Un larron le suivait de près, qui médita un mauvais tour : il passe un fil dans une aiguille, soulève la toile de terre, la serre contre sa poitrine et la coud sur lui à sa cotte[2]. Alors il se frotte au vilain qui s'est engagé dans la foule ; tant il le tire et tant le pousse que l'autre choit de tout son long et que la toile tombe à terre : le larron vite l'escamote et va se perdre dans la presse[3]. Lorsque Brifaut voit ses mains vides, il est transporté de colère et se met à pousser des cris : « Dieu ! ma toile, je l'ai perdue ! Dame sainte Marie, à l'aide ! Qui a ma toile ? Qui l'a vue ? » Le larron se cache un moment,

1. Mesure de longueur qui équivaut à un peu plus d'un mètre.
2. Tunique. Voir *Les mots ont une histoire*, p. 86.
3. La foule.

ayant mis la toile à son cou ; il a le front de revenir et se plante devant Brifaut :

« Qu'as-tu à réclamer, vilain ?

– Sire, ce n'est pas sans raison, car je viens d'apporter ici une grande pièce de toile ; cette toile, je l'ai perdue.

– Que n'as-tu pris soin de la coudre à ta cotte, comme la mienne ? Il t'aurait été épargné de la faire choir[1] dans la rue. »

Il s'en va, laisse le vilain : maintenant la toile est à lui. Brifaut dit adieu à son bien qu'il a sottement laissé prendre.

Quand Brifaut est rentré chez lui, sa femme aussitôt le questionne et lui demande de l'argent :

« Sœur, fait-il, va dans le grenier. Tu prendras du blé pour le vendre si tu veux avoir des deniers, car je ne t'en apporte goutte.

– Qu'aujourd'hui, dit-elle, Brifaut, pleuve sur toi la male goutte !

– Sœur, tu peux me prier encore ; tu me feras plus grande honte.

– Eh bien, par la croix du Sauveur, qu'est-il advenu de la toile ?

– Hélas ! dit-il, je l'ai perdue.

– Tu viens de me dire un mensonge ; que la mort subite te frappe ! Brifaut, tu l'as bien brifaudée[2]. Que ne fût ta langue échaudée, et ta gorge par où passèrent les bons morceaux payés si cher ! Tu devrais être mis en pièces.

1. La faire tomber.
2. Mangée goulûment. Voir *Les mots ont une histoire*, p. 86.

– Que la mort m'emporte, ma sœur, et que le Seigneur me honnisse si ce que je dis n'est pas vrai ! »

La mort en effet l'emporta ; sa femme en eut bien pis encore, car elle enragea toute vive et la malheureuse vécut dans le chagrin et la fureur. Ainsi bien des gens par dépit meurent de honte et de douleur. Telle est la fin de notre conte.

# 10
# Le vilain mire

Il était un riche vilain, extrêmement avare et chiche. Il ne quittait pas sa charrue, qu'il menait lui-même, attelée d'une jument et d'un roncin[1]. Il avait pain et viande et vin toujours au gré de ses besoins. Mais ses amis le blâmaient fort, et avec eux tout le pays, de ne pas avoir pris de femme. « Si j'en rencontrais une bonne, je la prendrais bien », leur dit-il. On lui promit donc de chercher la meilleure qu'on pût trouver.

Dans le village un chevalier — un vieil homme demeuré veuf — avait une fille charmante et damoiselle très courtoise. Mais comme il était sans fortune, il ne trouvait jamais personne qui vînt lui demander sa main. Il l'eût volontiers mariée, car c'était temps de la pourvoir. Un jour, les amis du vilain vinrent ensemble le prier de la donner au paysan qui avait tant d'or et d'argent, tant de froment et tant de linge. Aussitôt il y consentit et la pucelle en fille sage n'osa contredire son père, puisqu'elle avait perdu sa mère. Elle octroya ce qu'il voulut. Le vilain, le plus tôt qu'il put, l'épousa, mais de cette affaire la fille n'avait pas grand-joie. Que n'eût-elle osé

1. Cheval de trait.

refuser ! Quant au vilain, il s'aperçoit, le tracas des noces passé, qu'il a commis une sottise. Avoir fille de chevalier ne convient guère à son usage. Quand il ira à la charrue, viendra rôder un damoiseau pour qui tous les jours sont fériés ; sortira-t-il de sa maison, ce sera le tour du curé, si assidu dans ses visites qu'il arrivera à ses fins. Jamais fille de chevalier n'aimera un mari vilain : pour elle il ne vaut pas deux miches. « Pauvre de moi ! dit le bonhomme ; quel parti prendre, je ne sais. Les regrets ne servent à rien. » Il se met alors à chercher comment il pourra la défendre. « Dieu ! fait-il, si je la battais, le matin quand je suis levé, elle pleurerait tout le jour et j'irais tranquille au labour. Bien sûr, tant qu'elle pleurerait, nul n'irait lui faire la cour. Le soir venu, à mon retour, je lui demanderais pardon. Je la rendrais le soir heureuse, mais malheureuse le matin. » Le vilain ne veut pas partir avant de s'être restauré : sa femme court le satisfaire. Ils n'avaient saumon ni perdrix, mais pain et vin et des œufs frits et du fromage à discrétion, de la réserve du vilain. Sitôt que la table est ôtée, de sa main qu'il a grande et large, il frappe sa femme au visage laissant la marque de ses doigts ; il la traîne par les cheveux. Aurait-elle démérité que le brutal, en vérité, ne l'aurait pas si bien battue. Cela fait, il s'en va aux champs, laissant sa femme tout en larmes. « Hélas ! gémit-elle, que faire ? Je ne sais à quel saint me vouer. Mon père m'a bien sacrifiée en me donnant à ce vilain. Allais-je donc mourir de faim ? Certes ce fut la rage au cœur que j'acceptai un tel mari. Pourquoi ma mère est-elle morte ? » C'est ainsi qu'elle se désole ; et les gens qui viennent la voir ne peuvent que rentrer chez eux. Tout le jour elle est éplorée ;

quand le vilain rentre au logis avec le coucher du soleil, il se jette aux pieds de sa femme, pour Dieu lui demande pardon : « Sachez que ce fut le Malin qui me poussa à mal agir ; mais croyez-moi, je vous le jure, je ne vous battrai plus jamais ; je suis triste et plein de regrets de vous avoir brutalisée. » Tant lui dit le vilain puant que la dame pardonne encore et de bonne grâce lui sert le souper qu'elle a préparé : Quand le repas fut terminé, ils allèrent au lit en paix. Au matin, l'horrible vilain se remet à battre sa femme (peu s'en faut qu'il ne l'estropie !), puis s'en va aux champs labourer. Voici la dame encore en pleurs : « Hélas ! que vais-je devenir ? Je ne sais à quoi m'arrêter, car je suis en triste posture. Frappa-t-on jamais mon mari ? Ce que sont les coups, il l'ignore ; s'il le savait, pour rien au monde il n'oserait me maltraiter. »

Mais tandis qu'elle se lamente viennent deux messagers du roi, chacun sur un blanc palefroi[1]. Ils piquent des deux vers la dame et la saluent au nom du roi ; ils lui demandent à manger car ils ont, disent-ils, grand-faim. Elle les sert et les questionne : « D'où venez-vous ? Où allez-vous ? Dites-moi ce que vous cherchez. » L'un d'eux répond :

« Dame, c'est vrai, nous sommes messagers du roi. Il nous envoie chercher un mire et nous sommes prêts, s'il le faut, à aller jusqu'en Angleterre.

– Pour quoi faire ?

– Damoiselle Ade, la fille du roi, est malade et il y a huit jours

1. Cheval de promenade ou de voyage.

entiers qu'elle ne peut manger ni boire, car une arête de poisson reste plantée en son gosier. Le roi en est bien affligé; s'il la perd, pour lui plus de joie.»

La dame dit :

«Vous n'irez pas aussi loin que vous le pensez, car mon mari est, croyez-moi, bon médecin, je vous assure. Certes, il sait plus de remèdes et de vrais jugements d'urine que jamais n'en sut Hippocrate.

– Dame, ne plaisantez-vous pas?

– Je ne dis pas cela pour rire; mais il a un tel caractère qu'il ne ferait rien pour personne avant d'être bien étrillé.

– Dame, on pourra s'y employer : pour les coups, il sera servi. Où pourrons-nous le rencontrer?

– Vous allez le trouver aux champs. Quand vous sortirez de la cour, vous suivrez le lit du ruisseau et non loin d'un mauvais chemin, la toute première charrue que vous pourrez voir, c'est la nôtre. Allez! que saint Pierre vous garde!»

Les messagers, piquant des deux, trouvent sans peine le vilain; ils le saluent au nom du roi et lui disent sans plus tarder :

«Venez vite parler au roi.

– Et pourquoi? répond le vilain.

– Afin d'exercer vos talents : on ne connaît pas sur la terre de mire plus savant que vous. De loin nous venons vous chercher.»

Quand il s'entend appeler mire, tout son sang se met à bouillir; il affirme qu'il ne sait rien. «Qu'attendons-nous? fait l'un des deux. Tu sais qu'il veut être battu avant de parler ou d'agir.»

L'un lui donne un coup sur l'oreille, l'autre lui martèle le dos avec un bâton grand et gros. Après l'avoir bien malmené, ils le conduisent chez le roi, l'ayant monté à reculons, la tête en place des talons. Le roi allait à leur rencontre et dit : « N'avez-vous rien trouvé ? — Mais si », répondent-ils ensemble, et le vilain tremble de peur. Aussitôt ils content au roi quels talents avait le vilain, comment aussi, par félonie, quelque prière qu'on lui fît, il ne voulait guérir personne à moins d'être roué de coups.

« Fâcheux médecin ! dit le roi. En vit-on jamais de pareil ?

– S'il en est ainsi, qu'on le batte, s'écrie un valet, je suis prêt. On n'a qu'à me donner des ordres : je lui paierai ce qu'on lui doit. »

Mais le roi s'adresse au vilain : « Maître, fait-il, écoutez-moi. Je vais faire venir ma fille qui a grand besoin de guérir. » Le vilain demande merci : « Croyez-moi, sire, en vérité, pour Dieu qui jamais ne mentit, j'ignore tout de la physique[1]. » Le roi lui dit : « J'entends très bien. Battez-le-moi ! » Et les valets à le rosser bientôt s'escriment. Dès que le vilain sent les coups, il croit que c'est pure folie : « Pardon ! se met-il à crier ; je vais la guérir sans tarder. »

La pucelle était dans la salle, toute pâle, mine défaite. Et le vilain cherche en sa tête comment il pourra la guérir, car il sait qu'il doit réussir : sinon il lui faudra mourir. Il se dit que s'il la fait rire par ses propos ou ses grimaces, l'arête aussitôt sortira

1. Médecine.

puisqu'elle est plantée dans sa gorge. Il prie le roi : « Faites un feu dans cette chambre et qu'on me laisse ; vous verrez quels sont mes talents. Si Dieu veut, je la guérirai. » On allume alors un grand feu, car le roi en a donné l'ordre. Les écuyers, les valets sortent. La fille s'assoit devant l'âtre. Quant au vilain, il se met nu, ayant ôté jusqu'à ses braies, et vient s'allonger près du feu. Alors il se gratte, il s'étrille ; ses ongles sont longs, son cuir dur. Il n'est homme jusqu'à Saumur qui soit meilleur gratteur que lui. Le voyant ainsi, la pucelle, malgré le mal dont elle souffre, veut rire et fait un tel effort que l'arête sort de sa bouche et tombe dans la cheminée. Il se rhabille, prend l'arête, sort de la chambre triomphant. Dès qu'il voit le roi, il lui crie : « Sire, votre fille est guérie ! Voici l'arête, Dieu merci. » Le roi en a très grande joie et dit au vilain :

« Sachez bien que je vous aime plus que tout ; vous aurez vêtements et robes.

– Merci, sire, je n'en veux pas ; je ne puis rester près de vous. Je dois regagner mon logis.

– Il n'en sera rien, dit le roi. Tu seras mon ami, mon maître.

– Merci, sire, par saint Germain ! Il n'y a pas de pain chez moi ; quand je partis, hier matin, on devait aller au moulin. »

Le roi fait signe à deux valets : « Battez-le-moi, il restera. » Ceux-ci aussitôt obéissent et viennent rosser le vilain. Quand le malheureux sent les coups pleuvoir sur son dos et ses membres, il se met à leur crier grâce : « Je resterai, mais laissez-moi. »

Le vilain donc reste à la cour. D'abord, on le tond, on le rase ;

on lui met robe d'écarlate. Il se croyait tiré d'affaire quand les malades du pays, plus de quatre-vingts, je crois bien, ensemble viennent chez le roi, à qui chacun conte son cas. Le roi appelle le vilain :

« Maître, dit-il, venez ici. Occupez-vous de ces gens-là, et vite, guérissez-les-moi.

– Pitié, sire ! dit le vilain. Il y en a trop, que Dieu m'aide ! Je n'en saurais venir à bout ; je ne pourrais les guérir tous. »

Le roi fait signe à deux valets qui se saisissent d'un bâton, ayant aussitôt deviné pourquoi le roi les appelait. Quand le vilain les voit venir, tout son sang commence à frémir : « Grâce ! se met-il à crier ; je les guérirai sans tarder. » Le vilain demande du bois ; il en a autant qu'il en veut. Dans la salle on fait un grand feu : lui-même à l'attiser s'emploie. Il réunit tous les malades ; c'est alors qu'il demande au roi : « Sire, il faut sortir de la salle avec ceux qui n'ont aucun mal. » Le roi obéit volontiers, sort de la salle avec ses gens. Et le vilain dit aux malades : « Seigneurs, par Dieu qui me créa, vous guérir n'est pas chose aisée. Je n'en saurais venir à bout que par le moyen que voici. Je vais choisir le plus malade, je le brûlerai dans ce feu ; les autres en auront profit : ceux qui avaleront sa cendre tout aussitôt seront guéris. » Ils se lorgnent les uns les autres ; mais il n'est bossu ni enflé qui se croie le plus mal en point, lui donnât-on la Normandie. Le vilain s'adresse au premier :

« Je te vois en piteux état : tu es de tous le plus débile.

– Pardon, je suis mieux portant, sire, que jamais je ne l'ai été. Je suis soulagé d'un grand mal dont je souffrais depuis longtemps. Sachez qu'en rien je ne vous mens.

– Sors ! que viens-tu chercher ici ? »

Et l'autre aussitôt prend la porte. Le roi demande :

« Es-tu guéri ?

– Oui, je suis guéri, Dieu merci ; me voici plus sain qu'une pomme. Votre mire est un habile homme. »

Que pourrais-je encore vous dire ? Il n'y eut ni petit ni grand qui voulût, pour le monde entier, être jeté dans le brasier. Ainsi s'en vont tous les malades, prétendant qu'ils étaient guéris. Et le roi, les voyant ainsi, en est tout éperdu de joie. Il dit au vilain :

« Mon beau maître, vraiment je suis émerveillé que vous les ayez sauvés tous.

– Sire, je les ai enchantés, car j'ai un charme qui vaut mieux que gingembre ou que citovaut[1].

– Rentrez chez vous quand vous voudrez et vous aurez de mes deniers, palefrois et bons destriers ; et quand je vous rappellerai, vous ferez à ma volonté. Vous serez mon ami très cher et tous les gens de ce pays, maître, vous chériront aussi. Ne jouez plus la comédie ; ne vous faites plus maltraiter, car c'est honte de vous frapper.

– Merci, sire, dit le vilain ; soir et matin je suis votre homme et je n'en aurai pas regret. »

Il prend alors congé du roi, regagne joyeux sa maison. Jamais

1. Plante aromatique de l'Inde, utilisée comme épice.

ne fut manant plus riche ; il n'alla plus à la charrue, plus jamais ne battit sa femme, mais il l'aima et la chérit. Tout alla comme je vous dis : par sa femme, et par sa malice, il fut bon mire sans études.

# 11
# Le boucher d'Abbeville

Seigneurs, prêtez l'oreille à une histoire merveilleuse, que je veux vous raconter : vous n'avez jamais entendu la pareille. Soyez attentifs à l'écouter ; une parole qui n'est pas entendue est perdue, c'est la pure vérité.

Il y avait à Abbeville un boucher fort estimé de ses voisins. Il n'était ni sournois ni médisant, mais sage, courtois et de grand mérite, honnête dans sa profession, et il venait souvent en aide à son pauvre voisin. Il n'était ni avide ni envieux. Vers la fête de la Toussaint le boucher alla au marché d'Oisemont pour acheter des bêtes, mais il ne fit que perdre sa peine : il ne put faire affaire pour des porcs mal soignés, piteux et sans valeur. Il s'était déplacé sans succès, car il n'eut pas à dépenser un denier. Le marché terminé, il s'en retourna en ayant bien soin de ne pas s'attarder en route, dissimulant son épée sous sa cape, car le soir commençait à tomber.

Écoutez bien ce qui lui arriva ! La nuit le surprit à Bailleul, à mi-chemin de sa demeure. La nuit venue, il faisait noir ; il se dit qu'il ne continuerait pas sa route, mais s'arrêterait à cette ville, redoutant fort que les filous ne le délestent de son argent, et la somme était importante. Il vit une pauvre femme, debout sur le seuil de sa maison.

– Y a-t-il en cette ville, lui demanda-t-il, un endroit où je puisse me restaurer en payant ? Car je n'ai jamais aimé dépendre de personne.

– Seigneur, lui répond la brave femme, par tous les saints du monde, il n'y a de vin dans cette ville, dit Mile, mon mari, que chez notre curé, sire Gautier. Dans deux tonneaux posés sur les tréteaux qu'il a apportés de Nogentel il a toujours du vin prêt à tirer. Allez donc prendre logis chez lui.

– Dame, j'y vais de ce pas, fait le boucher. Que Dieu vous garde !

– Ma foi, seigneur, qu'il vous vienne en aide.

Le doyen[1] était assis à sa porte, infatué[2] de sa personne. Le boucher le salue.

– Cher seigneur, lui dit-il, que Dieu vous aide, faites-moi la charité de m'héberger, ce sera mérite et bonté de votre part.

– Brave homme, fait-il, allez demander à Dieu de vous héberger ! Un gueux laïque ne couchera pas chez moi cette nuit, par la foi que je dois à saint Herbert. Vous trouverez toujours quelqu'un pour vous loger en cette ville ! Débrouillez-vous en cherchant bien partout pour trouver un toit, mais sachez bien que vous ne passerez pas la nuit dans ma maison. D'autres personnes ont

1. Prêtre chargé d'exercer la justice sur les curés des environs. Voir *Les mots ont une histoire*, p. 86.
2. Vaniteux, content de lui.

retenu ce logis et il n'est pas digne d'un prêtre de recevoir un rustre en sa demeure.

– Rustre, seigneur ? Qu'avez-vous dit ? N'avez-vous que mépris pour un homme de peu d'apparence ?

– Oui, parfaitement, j'ai mes raisons. Allez, hors d'ici ! Ce serait insultant pour moi.

– Point du tout, seigneur, ce serait plutôt un acte charitable que de m'accueillir à cette heure, car je ne puis rien trouver ailleurs. Je puis vous payer de mes deniers, si vous voulez me vendre un peu de votre vin. Je vous en saurai gré et vous en serai reconnaissant et je vous l'achèterai volontiers : j'entends ne rien vous coûter.

– Par saint Pierre, dit le doyen, vous feriez aussi bien de vous cogner la tête à cette pierre grise. Non, vous ne coucherez pas chez moi.

– Que les diables y habitent, fait le boucher, imbécile de chapelain ! Vous n'êtes qu'un goujat et un malotru.

Il s'en va, furieux, sans ajouter un mot.

Écoutez à présent ce qui lui arriva. Sorti de la ville, il parvint devant une maison délabrée, dont tous les chevrons étaient à terre, et rencontre un grand troupeau de brebis. Par Dieu, écoutez cette étonnante histoire ! Il s'adressa au pâtre qui avait gardé en sa jeunesse tant de vaches et de taureaux.

– Berger, que Dieu t'accorde le bonheur, à qui appartient ce troupeau ?

– Seigneur, à notre curé.

– Ma parole, est-ce possible ?

Voilà ce que fit le boucher : il déroba si discrètement un mouton que le berger ne s'en aperçut pas : il l'a berné et dupé ; l'autre n'a rien vu, rien su. Sans plus attendre le boucher jette la bête sur ses épaules et par une rue solitaire revient à la maison du curé qui n'a rien perdu de sa morgue. Au moment où il allait fermer sa porte le boucher lui apporte le mouton.

– Seigneur, lui dit-il, que Dieu vous garde, qui a tout pouvoir sur les hommes.

Le doyen répond à son salut et lui demande à brûle-pourpoint :

– D'où es-tu ?

– Je suis d'Abbeville, je viens d'Oisemont, j'ai été au marché, je n'y ai acheté qu'un mouton, mais il a le croupion bien gras. Seigneur, hébergez-moi pour cette nuit, vous en avez les moyens. Je ne suis pas chiche ni pingre ; on mangera ce soir la chair de ce mouton, si cela vous fait plaisir. J'ai eu bien du mal à le porter, il est gros, il a beaucoup de viande, chacun en aura tout son saoul.

Le doyen acquiesce, en homme qui convoite le bien d'autrui : il aime mieux un mort que quatre vivants[1] à ce qu'il me semble.

– Bien sûr, très volontiers ! Même à trois, je vous logerai de grand cœur. J'ai toujours été empressé à me montrer courtois et accueillant. Vous m'avez l'air de commerce agréable. Dites-moi comment vous vous appelez.

– Seigneur, par Dieu et par son nom, je me nomme David,

1. Car il demande de l'argent pour enterrer un mort.

c'est mon nom de baptême, lorsque j'ai reçu les saintes huiles et le saint chrême[1]. Je suis fourbu de ce voyage. Que jamais Dieu ne voie de ses saints yeux celui à qui appartenait cette bête ! Je voudrais être à présent près d'un bon feu.

Ils entrent dans la maison là où il y avait un bon feu, le bienvenu. L'homme dépose son mouton et regarde à droite et à gauche, puis il demande une hache et on la lui apporte ; il assomme la bête, l'écorche et suspend la peau bien en évidence.

– Seigneur, dit-il, approchez. Pour l'amour de Dieu, regardez-moi comme ce mouton est bien en chair, voyez comme il est gras et dodu. Il a pesé lourd, pour l'apporter de si loin. Faites-en ce que vous voudrez ; faites cuire les épaules en rôti et faites-en remplir un plein pot en bouillie pour toute la maisonnée. C'est la plus belle viande qu'on ait vue. Mettez-la à rôtir sur le feu, voyez comme elle est tendre et charnue. Avant qu'on ait le temps de préparer la sauce, elle sera cuite à point.

– Cher hôte, faites comme il vous convient, je m'en remets à vous, je ne veux pas m'en occuper.

– Alors faites vite mettre la table.

– Tout est prêt, il n'y a plus qu'à se laver les mains[2] et à allumer les chandelles.

Seigneurs, je ne vous mentirai pas : le doyen avait une amie dont il était si jaloux que chaque fois qu'il recevait un hôte il la reléguait dans sa chambre. Mais ce soir-là il la fit souper à table

1. Huile employée dans certains sacrements religieux.
2. Au Moyen Âge, c'était déjà une habitude de se laver les mains avant de passer à table.

avec le boucher qui lui montra par son attitude qu'elle était loin de lui déplaire. La dame fait préparer un lit pour son hôte, un beau et confortable lit, avec des draps blancs, tout fraîchement lavés. Le doyen appelle sa servante :

– Je te recommande notre hôte David, ma belle : qu'il soit traité comme il le désire, que tout soit comme il le souhaite. Grâce à lui, nous voilà satisfaits.

Ils vont alors se coucher, la dame et lui, ensemble sans doute, tandis que le boucher reste auprès du feu ; jamais il ne fut aussi à l'aise. Il avait trouvé bon logis et bel accueil.

– Gentille fille, dit-il, approche, viens par ici, parle-moi et fais de moi ton ami : tu auras gros à y gagner.

– Taisez-vous, voyons ! Vous dites des bêtises. Mon Dieu, que les hommes sont malappris ! Laissez-moi tranquille, ôtez donc vos mains. Je ne connais rien à ces choses-là.

– Ma foi, tu dois y consentir et je vais te dire comment nous tomberons d'accord.

– Dites, je vous écoute.

– Si tu veux coucher avec moi, me contenter et satisfaire mon désir, par Dieu que j'invoque d'un appel sincère, tu auras la peau de mon mouton.

– Taisez-vous, ne parlez plus de cela. Vous n'avez pas la vertu d'un ermite[1] pour me faire de pareilles propositions ! Vous n'avez que de mauvaises pensées. Mon Dieu, comme vous avez l'air

1. Religieux ayant choisi de vivre à l'écart de la société et consacrant ses journées à la prière.

bête ! Je consentirais à vous faire plaisir, mais je n'ose pas : vous le diriez demain à ma maîtresse.

– Ma sœur, que Dieu ait pitié de mon âme, jamais de la vie je ne le lui dirai et je n'irai pas vous dénoncer.

Elle lui promet alors d'accéder à ses désirs, elle couche avec lui jusqu'au lever du jour, puis elle se lève, fait son ménage et va traire ses bêtes. Levé de bonne heure, le prêtre va à l'église avec son clerc pour chanter et célébrer l'office, tandis que la dame reste endormie. Tout de suite le boucher s'habille et se chausse en hâte, il en était bien temps ; il va prendre congé de son hôtesse ; il tire le loquet, et ouvre la porte. La belle dame se réveille, ouvre les yeux, voit son hôte debout devant le bord du lit. Elle s'étonne, se demandant comment il est venu là et ce qu'il peut avoir en tête.

– Dame, fait-il, je vous remercie. Vous m'avez hébergé à souhait et fait un excellent accueil.

Il s'approche du chevet, pose sa tête sur l'oreiller, retrousse le drap et voit la belle gorge, toute blanche, la poitrine et les seins.

– Mon Dieu, fait-il, j'assiste à des miracles ! Sainte Marie, saint Remacle, le doyen en a-t-il de la chance de coucher tout nu avec une dame comme vous ! Que saint Honorat me protège ! Un roi en serait honoré. Si j'avais la permission et la possibilité de coucher un peu près de vous, je serais ragaillardi et requinqué.

– Pas de ça ! Ostés, sire, par saint Germain ! Vous ne dites que des bêtises. Sortez, ôtez votre main. Messire aura bientôt fini de chanter l'office ; il se croirait victime d'un sortilège, s'il vous trouvait dans ma chambre ; il ne m'aimerait plus jamais, vous causeriez mon malheur et ma mort.

Mais le boucher la réconforte habilement.

– Dame, fait-il, par Dieu, pitié ! Je ne bougerai pas d'ici pour homme qui vive. Même si le doyen arrivait et s'il risquait une parole offensante ou insolente, je le tuerais sur-le-champ, s'il venait grogner en quoi que ce soit. Faites ma volonté et je vous donnerai ma peau de bonne laine, elle coûte très cher.

– Je n'oserai pas à cause des gens, je vous devine si vaniteux que demain vous le crieriez partout.

– Dame, vous avez ma promesse. De toute ma vie je ne le dirai à personne, femme ou homme, au nom de tous les saints qui sont à Rome.

Il insiste tant et fait tant de promesses que la dame se donne à lui ; elle lui livre sa personne pour le cadeau de la peau et le boucher en profite sans scrupule. Quand il en eut tiré tout son plaisir, il partit, ne désirant pas rester là plus longtemps, et alla à l'église où le prêtre avait commencé sa lecture liturgique avec son petit clerc. Au moment où il disait « Ordonne, Seigneur... », voilà que le boucher pénètre dans l'église.

– Je vous suis reconnaissant, lui dit-il, de m'avoir si bien logé et de m'avoir réservé un si bon accueil. Mais je vous demande une chose que je vous prie de m'accorder : achetez ma peau, vous me délivreriez de mes soucis. Elle a bien trois livres de laine et, que Dieu m'aide, elle est de bonne qualité. Elle vaut trois sous, vous l'aurez pour deux avec toute ma reconnaissance.

– Cher hôte, bien volontiers, pour vous être agréable. Vous êtes un bon et franc compagnon. Revenez souvent me voir.

Il lui vend sa peau, lui dit au revoir et s'en va. La femme du prêtre se leva, elle était fort jolie et mignonne, elle vêtit une robe verte, bien plissée et à traîne, dont elle avait raccourci les pans à la ceinture par coquetterie ; ses yeux étaient clairs et rieurs, elle était belle et séduisante à souhait. Elle s'assit sur une chaise. La servante sans plus attendre va à la peau et veut la prendre, quand la dame le lui interdit :

– Holà, servante, dis-moi donc, qu'as-tu à faire de cette peau ?

– Dame, j'en ferai ce que bon me semble. Je veux la porter au soleil pour faire sécher le cuir, elle est restée trop longtemps ici, en plein passage.

– Non, non, laisse-la là où elle est et va faire ce que tu as à faire.

– Dame, je l'ai fait et je n'ai plus rien à faire. J'étais debout plus tôt que vous.

– Ma parole, va au diable. Je n'admets pas ce langage. Va-t'en d'ici, laisse cette peau tranquille, garde-toi d'y mettre plus longtemps la main et de t'en occuper davantage.

– Je n'en ferai rien, je m'en occuperai et j'en userai, puisqu'elle m'appartient.

– Tu prétends que la peau est à toi ?

– Oui, parfaitement.

– Dépose-la et va te pendre ou te noyer dans une latrine[1]. La

1. Sorte de toilettes à la turque, au Moyen Âge.

colère me prend de te voir si prétentieuse. Pute, ribaude, pouilleuse, va donc t'occuper de ton ménage !

– Dame, vous déraisonnez, quand vous m'insultez à propos de ce que je possède. L'eussiez- vous juré sur les reliques, elle sera quand même à moi.

– Vide ma demeure, va ton chemin. Je me moque de tes services, tu n'es qu'une coquine et une imbécile. Même si messire en avait fait le serment, il ne te protégerait plus en cette maison, tellement je t'ai prise en haine.

– Maudit soit, et qu'il se rompe le cou, celui qui désormais vous servira. J'attendrai le retour de mon maître et puis je m'en irai, mais d'abord je me plaindrai à lui à votre sujet.

– Vous vous plaindrez ? Pute gloutonne, ribaude puante, bâtarde !

– Bâtarde ? Sont-ils légitimes les enfants que vous avez eus du prêtre ?

– Par la Passion, dépose-la, ma peau, sinon tu le paieras cher. Il vaudrait mieux que tu sois à Arras, par tous les saints de Dieu, ou même à Cologne.

La dame prend sa quenouille[1], lui en assène un coup et l'autre se met à crier :

– Par la vertu de sainte Marie, ce ne vous portera pas bonheur de m'avoir battue à tort. La peau sera cher vendue, avant que je ne meure.

---

**1. Bâton servant à filer la laine ou le lin.**

Elle éclate alors en sanglots et s'abandonne à son chagrin. Au milieu du vacarme et de la dispute le prêtre entre chez lui.

– Qu'est-ce ? dit-il. Qui t'a fait cela ?

– C'est ma dame, maître, sans faute de ma part.

– Par Dieu, ce n'était pas sans raison ! Dis-moi la vérité, ne me mens pas.

– Eh bien, maître, c'était à cause de la peau qui pend là près du feu. Vous m'avez ordonné hier soir, quand vous êtes allé vous coucher, de traiter notre hôte David comme il le souhaitait. J'ai obéi à vos ordres, il m'a donné la peau, c'est la vérité et je suis prête à jurer sur les reliques que je l'ai très bien méritée.

À ces mots, le doyen comprend que son hôte l'a séduite en la payant de la peau. Il en est furieux et plein de colère, mais n'ose dire ce qu'il en pense.

– Dame, fait-il en s'adressant à sa femme, que Dieu me garde, vous vous êtes mise dans de mauvais draps. Vous avez peu d'égards pour moi et vous ne me redoutez guère pour battre ainsi les gens de ma maison.

– Hé, elle voulait avoir votre peau ! Vraiment, si vous saviez la honte qu'elle m'a jetée à la figure, vous la récompenseriez comme elle le mérite : elle m'a reproché vos enfants. Vous faites preuve de lâcheté de souffrir qu'elle m'insulte et me déshonore avec son arrogance. Je ne sais ce qu'il en adviendra, mais la peau ne restera pas entre ses mains. Je soutiens qu'elle ne lui appartient pas.

– Et à qui donc ?

– Ma parole, à moi !

– À vous ?

– Oui.

– Pour quelle raison ?

– Notre hôte a couché sous notre toit, sur notre matelas et dans nos draps, n'en déplaise à saint Acheul, si vous voulez tout savoir.

– Chère sœur, dites-moi la vérité. Au nom de la fidélité que vous m'avez promise quand vous êtes venue ici pour la première fois, cette peau doit-elle vous appartenir ?

– Oui, par saint Pierre l'apôtre.

– Ah, maître, dit la servante, ne la croyez pas. C'est à moi qu'elle a été d'abord donnée.

– Ah, pute, maudite soit votre naissance, vous êtes enragée. Sortez de ma maison et que l'infamie s'abatte sur vous.

– Par le saint suaire de Compiègne, dit le prêtre à sa femme, vous avez tort.

– Oh non, car je la hais à mort pour être si menteuse, cette ribaude, cette voleuse.

– Dame, que vous ai-je volé ?

– Mon avoine, mon orge, mon blé, mes pois, mon lard, mon pain de ménage. Seigneur, quelle lâcheté de votre part de l'avoir si longtemps supportée ici. Payez-lui ses gages et par Dieu débarrassez-vous-en.

– Dame, dit-il, écoutez-moi. Par saint Denis, je veux savoir laquelle de vous deux a droit à posséder la peau. Dites-moi qui vous l'a donnée.

– Notre hôte, à son départ.

– Par les entrailles de saint Martin, il s'est levé ce matin avant le lever du soleil.

– Mon Dieu, que vous êtes irrespectueux pour blasphémer ainsi de gaieté de cœur ! Il est venu me dire gentiment adieu au moment de son départ.

– A-t-il assisté à votre lever ?

– Non.

– Quand alors ?

– J'étais encore au lit. Je ne me suis pas méfiée de lui, quand je l'ai vu devant moi. Il faut que je vous explique…

– Et qu'a-t-il dit en prenant congé ?

– Seigneur, vous voulez absolument me prendre en défaut. Il a dit : « Dame, je vous recommande à Dieu », puis il est parti. C'est tout ce qu'il a fait, il n'a rien dit d'autre, il n'a rien demandé qui soit à votre déshonneur. Mais vous vous acharnez à me trouver coupable : jamais vous ne m'avez fait confiance et pourtant, grâce à Dieu, vous n'avez pu voir en moi qu'une parfaite honnêteté, alors que vous me soupçonnez infidèle, vous qui me tenez prisonnière, tout amaigrie et sans couleur. Je ne bouge pas de votre maison, vous m'avez mise en cage. J'ai trop été sous votre coupe, pour le boire comme pour le manger.

– Hé, espèce de folle, impudente ! Je t'ai nourrie dans l'abondance. Il faut que je me retienne de te rosser ou de te tuer. Je suis sûr qu'il a forniqué avec toi. Dis-moi, pourquoi n'as-tu pas crié ? Il faut nous séparer. Va-t'en, vide ma maison. Je ferai sur mon autel le serment de ne jamais plus coucher dans ton lit, et tout de suite je jure de te mettre dehors.

De dépit, le prêtre s'assoit, triste, abattu, la mort dans l'âme.

Quand la dame le voit si furieux, elle regrette de lui avoir tenu tête et de l'avoir querellé ; elle a peur qu'il ne lui fasse des ennuis et elle se retire dans sa chambre. Voici qu'alors accourt le berger qui a compté ses moutons : on lui en a volé un la veille au soir et il ne sait pas ce qu'il est devenu. Pressant le pas et se grattant la trogne[1], il arrive à la maison où le doyen était assis sur son petit banc, tout échauffé par la colère.

– Qu'est-ce, au nom du diable ? Sale vaurien, d'où sors-tu ? Quoi ? Quelle tête tu fais ! Fils de putain, manant, rustre, tu devrais garder tes bêtes. J'ai envie de te donner un coup de bâton.

– Seigneur, il me manque un mouton, le plus beau de mon troupeau ; je ne sais qui me l'a dérobé.

– Tu as perdu un mouton ? On devrait te pendre pour les avoir mal gardés.

– Seigneur, écoutez-moi. Hier soir, quand je suis entré dans la ville, j'ai rencontré un étranger que je n'avais jamais vu ni dans la campagne ni dans un chemin. Il a regardé longuement mes bêtes et m'a demandé à plusieurs reprises à qui ce beau troupeau pouvait appartenir. Seigneur, lui dis- je, à notre prêtre. C'est lui qui m'a volé le mouton, je le crois bien.

– Corbleu, c'était David, notre hôte qui a couché ici. Ah, il m'a

1. Visage grossier (le mot est familier).

bien trompé et mystifié, lui qui m'a foutu mon monde. Il est allé jusqu'à me vendre ma peau ; il m'a essuyé le nez avec ma propre manche ! Malheureux que je suis de n'avoir pas su m'en douter ! Il y a chaque jour quelque chose à apprendre, il a fait son gâteau avec ma pâte. Reconnaîtrais-tu la peau ?

– Que dites-vous là ? Bien sûr que je la reconnaîtrai si je la vois ; je l'ai gardée pendant sept ans.

Il prend la peau, l'examine ; aux oreilles et à la tête, il reconnaît sans peine la peau de sa bête.

– Hé, hé, dit le berger, par Dieu, c'est Cornuiaus, la bête que j'aimais le plus au monde. Il n'y en avait pas d'aussi tranquille dans mon troupeau. Par la foi que je dois à saint Vincent, sur les cent moutons, il n'en était pas d'aussi tranquille, pas un meilleur que lui !

– Venez ici, dame, dit le prêtre, venez que je vous parle, je vous l'ordonne. Et toi, ma servante, approche, viens me parler, quand je t'appelle. Quel droit as-tu sur cette peau ?

– Par la fidélité que je vous dois, à vous qui m'êtes cher, je la réclame sans hésitation.

– Et vous, chère dame, qu'en dites-vous ?

– Que Dieu garde mon âme, elle doit à bon droit m'appartenir.

– Elle ne sera ni à vous ni à elle. Je l'ai achetée de mon argent, c'est à moi qu'elle revient : notre hôte est venu me la proposer à l'église, quand je lisais mon psautier. Par saint Pierre, le fidèle apôtre, elle ne sera ni à elle ni à vous, si vous ne l'obtenez par une décision de justice.

Seigneurs, vous qui savez ce qui est juste et bon, Eustache d'Amiens vous prie et vous demande, s'il vous plaît, de rendre ce jugement en toute droiture et loyauté. Que chacun dise son avis : qui doit avoir la peau ? Le prêtre, sa femme, ou la jeune délurée ?

# 12
# Les trois aveugles de Compiègne
## *par Cortebarbe*

Je dirai ici la matière d'un fableau que je veux conter. On tient le ménestrel pour sage s'il s'ingénie à composer beaux récits et belles histoires qu'on dit devant ducs, devant comtes. Fableaux sont bons à écouter : ils font oublier mainte peine, mainte douleur et maint ennui. Cortebarbe a fait ce fableau ; je crois qu'il s'en souvient encore.

Il advint que près de Compiègne suivaient leur chemin trois aveugles ; ils n'avaient avec eux personne pour les mener ou les conduire ni pour leur indiquer la route. Chacun d'eux avait sa sébile[1] ; ils étaient pauvrement vêtus. Ainsi marchaient-ils vers Senlis. Un clerc qui venait de Paris — entendu au bien comme au mal — était suivi d'un écuyer à cheval, portant ses bagages ; lui montait un beau palefroi[2] et s'en allait à vive allure. Il a rejoint les trois aveugles, s'aperçoit que nul ne les guide : comment trouvent-ils leur chemin ? Il dit : « Que j'attrape la goutte[3] si je ne sais s'ils y voient goutte ! » L'entendant venir, les aveugles se

1. Écuelle en bois qui servait à mendier.
2. Cheval pour la promenade ou le voyage.
3. La goutte est une maladie douloureuse ; attraper la goutte, c'est donc tomber malade.

rangent vite de côté et s'écrient : « Faites-nous du bien ! Il n'est pas plus pauvres que nous ; ne pas voir est grande misère. » Et le clerc aussitôt s'avise de leur jouer un joli tour.

« Voici, leur dit-il, un besant[1] que je vous donne pour vous trois.
– Dieu vous le rende, par sa croix ! »

Chacun dit : « C'est un beau présent ! », s'imaginant qu'un autre l'a. Le clerc, qui là-dessus les laisse, se promet de voir le partage. Il met aussitôt pied à terre ; il prête l'oreille et écoute ce que disent les trois aveugles. Le plus vieux émet son avis : « Il ne nous a rien refusé celui qui donna ce besant. Un besant, c'est un beau cadeau. Savez-vous ce qu'il nous faut faire ? Nous retournerons à Compiègne. Il y a vraiment bien des jours que nous n'avons pas eu nos aises. Prendre du bon temps, c'est justice. Tout, à Compiègne, est à plenté[2]. » Chacun des autres de répondre : « C'est bien dit, repassons le pont. » Ils s'en retournent vers Compiègne, toujours dans le même équipage, radieux, nageant dans la joie. Le clerc les suit : il veut les suivre en attendant de voir la fin. Les voilà entrés dans la ville ; on entend crier dans la rue : « Ici, bon vin frais et nouveau ! Vin d'Auxerre, vin de Soissons, et bon pain et viande et poisson. Dépensez ici votre argent : l'auberge s'ouvre à tout venant. On loge ici tout à son aise ! » Ils s'en vont par là volontiers ; étant entrés dans la maison, ils s'adressent à l'hôtelier : « Il ne faut pas nous mépriser si nous sommes très mal vêtus. Il nous plairait d'être traités entre nous, à part ; nous

1. Monnaie d'or.
2. En abondance.

paierons mieux que maints voyageurs cossus[1]. Nous voulons être bien servis.» L'hôte pense qu'ils disent vrai, car souvent ces sortes de gens ont une bourse bien garnie, et s'emploie à les satisfaire. Il les mène à la chambre haute :

« Seigneurs, leur dit-il, vous pourriez rester ici une semaine et vous n'auriez pas à vous plaindre. Il n'est bon morceau dans la ville que vous n'ayez si vous voulez.

– Sire, font-ils, dépêchez-vous et qu'on nous serve largement.

– Laissez-moi faire», répond l'hôte.

Il leur prépare cinq services : pain et viande, pâtés, chapons, des vins, mais seulement des bons. Il fait tout monter à l'étage, il fait mettre au feu du charbon ; eux s'assoient à la table haute[2]. Cependant le valet du clerc met les chevaux à l'écurie avant de prendre son logis. Le clerc, qui était bien appris et vêtu avec élégance, dîne à midi, soupe le soir à la même table que l'hôte, occupant la place d'honneur. On sert comme des chevaliers les trois aveugles dans leur chambre. Chacun d'eux y mène grand bruit et l'un verse du vin à l'autre : « Tiens, je t'en donne, donne-m'en ! Ce vin-là vient de bonne vigne.» Bien sûr, ils ne s'ennuyaient pas ; jusqu'à minuit ils se gobergent sans souci et tout à leur gré. Les lits prêts, ils vont se coucher en espérant s'y attarder. Quant au clerc, il est toujours là en attendant le dénouement.

Hôte et valet, de bon matin, se sont levés, et puis ils comptent ce qu'ont coûté viande et poisson. Le valet dit :

---

1. Riches.
2. Table d'honneur, réservée aux hôtes de marque et placée sur une sorte d'estrade.

« En vérité, le pain, le vin et le pâté ont bien coûté plus de dix sous. Ils ont entre eux fait bonne chère. Le clerc, lui, en a pour cinq sous.

– Celui-là ne m'inquiète guère ; va là-haut et fais-moi payer. »

Et le valet, sans plus attendre, va chez les aveugles et leur dit qu'il faut que chacun d'eux s'habille ; son maître veut être payé.

« Soyez sans crainte, lui font-ils ; sachez que nous le paierons bien. Savez-vous ce que nous devons ?

– Oui, dit-il, vous devez dix sous.

– Ce n'est pas trop. »

Tous trois se lèvent et descendent. À côté le clerc, qui se chaussait devant son lit, ne perdait rien de leurs propos. Les aveugles dirent à l'hôte :

« Sire, nous avons un besant, nous pensons qu'il est de bon poids ; et vous nous rendrez la monnaie, avant que nous mangions encore.

– Bien volontiers, leur répond l'hôte.

– Que celui qui l'a le lui donne, fait l'un, car moi je ne l'ai pas.

– C'est donc Robert Barbefleurie.

– Pas du tout, je sais que c'est toi.

– Corbleu ! ce n'est pas moi qui l'ai !

– Qui donc l'a ?

– Toi !

– Mais non, c'est toi !

– L'argent ! ou vous serez battus, leur dit l'hôte, seigneurs truands, et jetés en fosse puante avant que vous partiez d'ici. »

Mais ils lui crient : « Pour Dieu, pitié ! Sire nous allons vous payer. » Et la dispute recommence.

« Robert, fait l'un, donne-lui vite le besant, tu marchais devant, et c'est donc toi qui l'as reçu.

– Non, c'est toi qui allais derrière ; donne-le-lui, je ne l'ai pas.

– Je suis venu au bon moment, dit l'hôte, je vois qu'on me gruge[1]. »

À l'un, il donne un grand soufflet[2] et fait apporter des bâtons. Le clerc, qui ne manquait de rien, et que la scène amusait fort, se pâmait de rire, ravi. Voyant qu'on en venait aux coups, il va bien vite trouver l'hôte, lui demande ce qui se passe et ce qu'il réclame à ces gens.

« Comment, lui dit l'autre, ils ont bu et mangé pour dix sous ; ils veulent bonnement se moquer de moi. Ils en seront récompensés : ils auront honte de leur corps.

– Mettez donc cela sur mon compte, dit le clerc ; je dois quinze sous. Ayons pitié des pauvres gens. »

L'hôte répond : « Bien volontiers ; vous êtes un clerc généreux. » Et les aveugles s'en vont quittes.

Mais écoutez le subterfuge que le clerc alors machina. On sonnait la messe à l'église. S'adressant à l'hôte il lui dit :

« Vous connaissez bien le curé ? Pourriez-vous lui faire confiance s'il voulait vous payer pour moi les quinze sous que je vous dois ?

1. On cherche à me berner, à me voler.
2. Gifle.

– Point n'est besoin de me l'apprendre, fait le bourgeois, par saint Sylvestre, je ferais crédit au curé, s'il le voulait, de trente livres.

– Dites donc qu'on me tienne quitte quand je reviendrai à l'auberge : vous serez payé à l'église.»

L'hôte donne aussitôt ses ordres ; le clerc dit à son écuyer d'apprêter chevaux et bagages. Que tout soit fait à son retour ! Il dit à l'hôte de venir : tous deux se rendent à l'église et prennent place dans le chœur. Le clerc, qui doit les quinze sous, a pris son hôte par le doigt et le fait asseoir près de lui.

«Je n'ai pas, fait-il, le loisir d'attendre la fin de la messe. Vous aurez ce que j'ai promis : je vais dire à votre curé qu'il vous donne vos quinze sous dès qu'il aura chanté l'office.

– Faites à votre volonté», répond le bourgeois qui le croit.

Le prêtre a mis ses ornements et s'apprête à dire la messe ; et le clerc se présente à lui, sachant bien ce qu'il allait dire ; on aurait cru un gentilhomme et son air n'était pas revêche. Voilà qu'il tire de sa bourse douze deniers pour les glisser aussitôt dans la main du prêtre.

«Sire, fait-il, par saint Germain, veuillez m'écouter un instant. Tous les clercs doivent être amis : je viens donc vous voir à l'autel. J'ai passé la nuit à l'auberge ; mon hôte est un excellent homme et dépourvu de fourberie ; que le doux Jésus-Christ le garde ! Mais une maladie cruelle l'a pris hier soir dans la tête pendant que nous soupions gaiement ; il en était tout égaré. S'il va mieux, je crois, Dieu merci, la tête lui fait mal encore. Je vous demande de lui lire un évangile sur le chef[1], quand vous aurez chanté la messe.

– Entendu, répond le curé, je le lui lirai, par saint Gilles.»

Et puis, s'adressant au bourgeois :

«Quand la messe sera finie, je ferai ce que j'ai promis. Disons donc que le clerc est quitte.

– Je ne demande rien de plus.

– Sire prêtre, que Dieu vous garde, fait le clerc. Adieu, beau doux maître.»

Le prêtre alors monte à l'autel, et bientôt la messe commence. Ce jour-là était un dimanche et il y avait affluence. Le clerc, en homme bien appris, vient prendre congé de son hôte et le bourgeois, sans plus attendre, l'accompagne jusqu'à l'auberge. Le clerc monte à cheval et part. Aussitôt après, le bourgeois revient à l'église, impatient de recevoir ses quinze sous. Il pensait déjà les tenir et dans le chœur il attendait que le prêtre se dévêtît et que la messe fût chantée. Mais tout de suite le curé prend son missel[2] et son étole[3], et lui crie : «Sire Nicolas, venez ici, et à genoux!» Ces propos ne sont pas du goût de l'hôtelier qui lui réplique :

«Je suis venu pour autre chose; payez-moi donc mes quinze sous.

– Vraiment, il a perdu la tête, que le Seigneur lui vienne en aide! Il délire, je le vois bien.

1. Sur la tête. Lire un évangile sur la tête de quelqu'un est un rituel d'exorcisme.
2. Livre de messe.
3. Bande d'étoffe que le prêtre place autour de son cou pour célébrer la messe.

– Écoutez, fait l'hôte, écoutez : ce prêtre-là veut me berner et j'ai failli perdre le sens quand il m'a apporté son livre.

– Beau doux ami, je vous conseille, dit l'autre, quoi qu'il vous en coûte, de vous recommander à Dieu ; ainsi vous serez soulagé. »

Sur la tête il lui met le livre, s'apprête à lire l'évangile, et le bourgeois de protester : « J'ai chez moi du travail à faire et n'ai cure de cette affaire. Je veux à l'instant mon argent. » Le prêtre en est tout effrayé ; il appelle ses paroissiens qui s'attroupent autour de lui. Il leur dit :

« Tenez-moi cet homme ; c'est un fou, je n'en doute plus.

– Je ne suis pas fou, s'écrie l'hôte, je le jure par saint Cornille et par la foi due à ma fille. Vous me paierez mes quinze sous. N'essayez pas de me tromper. »

Le curé dit : « Tenez-le bien. » Sans hésiter les paroissiens aussitôt fermement l'empoignent, le saisissant par les deux mains. De son mieux chacun l'encourage. Le prêtre apporte son missel pour lui lire, l'étole au cou, l'évangile d'un bout à l'autre, croyant vraiment qu'il était fou ; puis il l'asperge d'eau bénite. Mais l'hôtelier n'a qu'un désir, c'est de regagner sa maison. On le lâche, on le laisse libre. Le prêtre enfin, pour le bénir, lui fait le signe de la croix et dit : « Vous avez eu grand-peine ! » L'hôtelier en demeure coi[1]. Il est furieux et plein de honte d'avoir

1. Reste interdit, ne sait plus que dire ni que faire.

été joué ainsi. Heureux de pouvoir s'échapper, il revient droit à son logis.

Cortebarbe à ce sujet dit qu'on a tort de berner les autres. Ainsi prendra fin mon histoire.

JE DÉCOUVRE

PAGE
74

NOUS AVONS LA PAROLE

PAGE
124

# LE DOSSIER

## J'ANALYSE

PAGE 98

## PROLONGEMENTS

PAGE 132

# JE DÉCOUVRE

# Les personnages des 12 fabliaux

## PAR GRANDS PÔLES

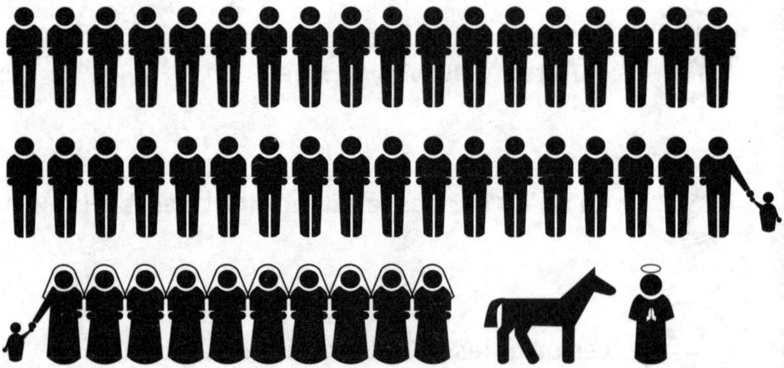

## PAR CATÉGORIES SOCIALES

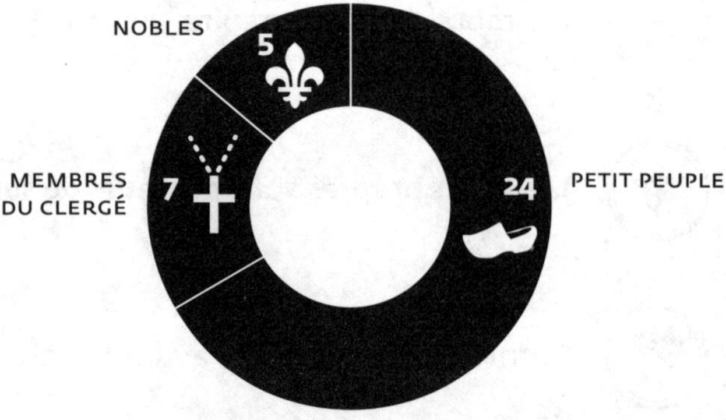

## LA RUSE

10 FABLIAUX SUR 12 UTILISENT LA RUSE

QUI EST LE PLUS SOUVENT À L'ORIGINE DE LA RUSE ?
L'ÉPOUSE

QUI EST LE PLUS SOUVENT VICTIME DE LA RUSE ?
LE PRÊTRE

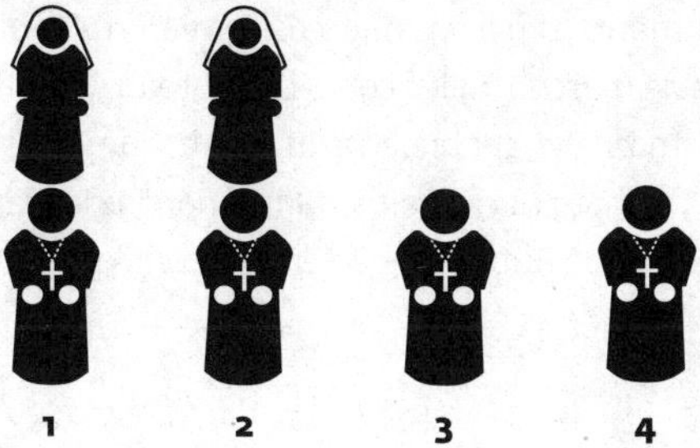


## LIEUX

LA COUR D'UN SEIGNEUR

SUR UN CHEMIN DE CAMPAGNE

À LA VILLE

DANS UNE MAISON

# À la recherche de Cortebarbe

Mon nom est Cortebarbe. Jongleur, je mène une vie itinérante. Toujours par monts et par vaux, je vais de ville en ville et de foire en foire animer les places de marché ou les cours de château. On me reconnaît à mon habit jaune et à ma vielle, cet ancêtre du violon, que je porte en bandoulière. Nous sommes nombreux à vivre ainsi dans le nord de la France. Peut-être avez-vous entendu parler de Rutebeuf, de Bernier ou encore de Jean Bodel d'Arras, le plus célèbre d'entre nous ?

**Je peux jongler, chanter, réciter des poèmes composés par un troubadour, faire des acrobaties, montrer un animal savant**. Mais ce que je préfère, c'est dire des fabliaux. Ce sont de petites histoires qui amusent le public et dans lesquelles chacun peut se reconnaître. Les exploits des grands chevaliers ne m'intéressent pas ; je raconte la vie quotidienne au village, à la ferme, dans les bourgs. Et quel plaisir de faire saliver mon auditoire ! Quoi de plus agréable que d'évoquer un bon repas, et j'aime les plaisirs de la bonne chère, comme ceux de la chair !

Pour accrocher les spectateurs, il faut tout de suite entrer dans le vif du sujet. Mes personnages, tout le monde les connaît : c'est le curé intéressé par les femmes, le vilain pas très malin, l'épouse au fort caractère... Je les fais vivre à grand renfort de mimes et de dialogues. Mon langage n'est pas toujours très policé, mais c'est justement ce qui fait rire. Les propos familiers, grossiers voire salaces parlent à tous. Je joue toutes les situations, et surtout les plus scabreuses. Quoi de plus drôle en effet qu'une bastonnade généralisée ou un amant caché dans un tonneau ? Si je ne donne pas de ma personne, les badauds ne s'arrêtent pas pour m'écouter ni pour m'applaudir ou réagir aux aventures que je raconte. Les grandes foires, comme celle de Saint-Martin, en novembre, grouillent de marchands et de clients. Ceux-là ont leurs affaires à mener et je suis là pour leur proposer **un moment de divertissement**.

Des fabliaux, j'en connais beaucoup ! C'est un peu comme une poésie. Les rimes et les vers me permettent de bien les mémoriser. Ensuite, je m'adapte à mon public et à ses réactions. **Je brode autour de l'action et des personnages.** Je ne suis pas le seul à réciter des fabliaux. Certains poètes s'y essaient. Les ménestrels aussi : ils chantent des histoires de leur composition ou qu'ils ont apprises par cœur, accompagnés de leur cithare, leur trompette ou leur chalumeau qui ressemble à un hautbois. Ceux-là, je les croise souvent dans les châteaux. Ils sont payés par le seigneur pour le divertir et habitent sur place. Moi, j'y vais pour animer les banquets et amuser le propriétaire des lieux, sa dame et ses convives. **Je joue alors le rôle de bouffon.** On me paie avec les restes du repas. Mais si je me moque des travers de mon temps, pas question de critiquer les puissants. J'y laisserais des plumes…

## Le vrai/faux

- ***Les jongleurs vivaient surtout dans le sud de la France.***
- ***Les fabliaux étaient écrits en vers.***
- ***Les fabliaux mettaient en valeur les chevaliers.***

# Retour dans le passé : le lecteur d'un texte du Moyen Âge

Les textes des fabliaux tels que vous les lisez aujourd'hui sont des **traductions**. Au Moyen Âge, la langue française est loin d'être fixée, dans sa grammaire comme dans son orthographe. Elle porte encore en elle **les traces du latin**. Et bon nombre de mots sont alors prononcés différemment. Pour vous rendre compte de ce qui nous sépare de la langue médiévale, que nous appelons **l'ancien français**, voici un extrait des *Perdrix* (p. 20). Le tableau présente à gauche le texte original, et, à droite, sa transcription littérale, qui n'est pas encore une traduction.

| Ancien français | Transcription littérale |
|---|---|
| Por ce que fabliaus dire sueil, | Par ce que fabliaux dire ai coutume |
| En lieu de fable dire vueil | En lieu de fable dire veux |
| Une aventure qui est vraie, | Une aventure qui est vraie |
| D'un vilain, qui delèz sa haie | D'un vilain qui à côté de sa haie |
| Prist .II. pertris par aventure. | Prit deux perdrix par hasard. |
| En l'atomer mist moult sa cure ; | En le préparer mit grand son soin ; |
| Sa famé les fist au feu metre ; | Sa femme les fit au feu mettre ; |
| Ele s'en sot bien entremetre ; | Elle s'en sut bien s'(y) employer ; |
| Le feu a fet, la haste atorne, | Le feu a fait, la broche tourne, |
| Et li vilain tantost s'en tome ; | Et le vilain aussitôt s'en va ; |
| Por le prestre s'en va corant. | Pour le prêtre s'en va courant. |
| Mès au revenir tarda tant, | Mais au revenir tarda tant, |
| Que cuites furent les pertris ; | Que cuites furent les perdrix ; |
| La dame a le haste jus mis, | La dame a la broche en bas mis, |
| S'en pinça une peléure, | S'en pinça une pelure, |
| Quar moult ama la lechéure. | Car beaucoup aima la gourmandise. |

L'ancien français regroupe l'ensemble des langues d'oïl qui étaient parlées dans le nord de la France, du IXe siècle au XIVe siècle. **L'orthographe n'a pas encore de règles** (il faut attendre le XVIIe siècle pour cela !) et on écrit en se fiant à la phonétique, c'est-à-dire à la prononciation des mots. Observons par exemple les conjonctions de coordination : votre professeur de français s'étranglerait devant l'orthographe de « mès » et « quar » ! Quant à la prononciation, elle vous paraîtrait particulière. On dit généralement toutes les consonnes. Les voyelles et les diphtongues ont, quant à elles, des prononciations variables. Le « o » donne souvent le son « ou », d'où « corant » (v. 11) dans lequel nous reconnaissons finalement le participe présent du verbe « courir ».

**Le latin marque fortement l'ancien français.** Dans cette langue ancienne, dont les noms se déclinent, on n'a pas besoin de mettre les mots dans un ordre précis pour faire sens. D'ailleurs, bien souvent, le sujet, quand il est exprimé, se trouve au début de la phrase, et le verbe à la fin. Dans les deux premiers vers, on constate que les verbes conjugués sont placés en dernière position : « sueil » et « vueil ». Notez également – c'est un autre héritage du latin – que ces deux verbes n'ont pas de pronom personnel nous indiquant qu'ils sont conjugués à la première personne du singulier. Enfin, le vocabulaire a évolué avec le temps. Le terme « hasta », par exemple, qui désignait la lance ou le javelot du soldat romain, est devenu ici une broche à rôtir !

**Le travail du traducteur s'avère donc complexe.** Après avoir lu et analysé le texte en ancien français, il élabore une transcription littérale. Mais cette étape ne suffit pas à dégager le sens. Il faut ensuite traduire de manière que le récit soit compréhensible par le lecteur du XXIe siècle tout en restant le plus fidèle possible à la version originelle.

Ce court extrait en ancien français nous permet enfin de mieux entrevoir la forme du fabliau. Ces petits récits étaient versifiés, le plus souvent écrits en octosyllabes, des vers de huit syllabes. Le travail de la rime aidait également le conteur à mémoriser son texte.

## Le vrai/faux

- ***Les fabliaux sont écrits en ancien français.***
- ***L'ordre des mots dans la phrase est le même aujourd'hui.***
- ***Un octosyllabe est un vers de douze syllabes.***

# Ce qu'il s'est passé au moment des fabliaux

**fin XI^e^ s.** Première chanson de geste, *La Chanson de Roland*.

**1021-1127** Guillaume IX d'Aquitaine, premier troubadour connu.

**vers 1130-1180** Chrétien de Troyes (*Lancelot ou le Chevalier à la charrette*, *Yvain ou le Chevalier au lion*, *Perceval*).

**1170** *Dit de Richeut*, premier fabliau.

**1194** On commence à construire la cathédrale de Chartres. Début du gothique.

**1209** Concile d'Avignon : interdiction des danses et des jeux dans les églises.

**1226-1270** Règne de Louis IX, futur Saint Louis. Roi pieux, humble et épris de justice.

**vers 1230** *Le Roman de la Rose* de Guillaume de Lorris.

## PENDANT CE TEMPS-LÀ, DANS LE MONDE :

**XIII^e siècle** — Le papier-monnaie se généralise en Chine.

**1248** — Septième croisade. Saint Louis en Égypte.

**1269** — Marco Polo part en voyage pour vingt-six ans (Chine et Asie du Sud-Est) : *Le Livre des Merveilles* (1298).

**vers 1296** — Giotto peint les fresques de la vie de saint François d'Assise.

---

**1231** — Début de l'Inquisition.

**vers 1250** — ***Les trois aveugles de Compiègne.***

**1257** — Fondation de la Sorbonne, université de théologie.

**vers 1275** — On brûle des « sorcières » à Toulouse.

**1280** — Achèvement de la basilique de Saint-Denis. Grèves et émeutes urbaines.

**1292** — Paris compte cent trente métiers organisés.

**1337** — Début de la querre de Cent Ans.

### ASTUCE

Pour mémoriser **1337**, la date du début de la guerre de Cent Ans : le dernier chiffre, 7, est la somme des trois autres 1+3+3 = 7. Le 1 est évident ; se souvenir ensuite que le chiffre suivant se répète.

# Les origines et la postérité des fabliaux

Où les auteurs des fabliaux ont-ils puisé leur inspiration ? Aujourd'hui encore, nous n'avons pas de réponse claire à cette question. Cependant, on peut établir, plus qu'une filiation, un cousinage avec la littérature latine. D'une part, les personnages et les situations rappellent les comédies de Plaute. D'autre part, la dimension morale, pas toujours très convaincante d'ailleurs, évoque la fable romaine.

Au Moyen Âge, il est souvent difficile de dater précisément les œuvres, parce que l'année de rédaction ou d'édition est rarement précisée. **La rédaction des fabliaux s'étend sur plusieurs années**.

On assiste à une grande production de fabliaux durant les vingt premières années du XIIIe siècle. Les derniers sont écrits par Jean de Condé et Watriquet de Couvin **vers 1330-1340**.

**Dans l'*Heptaméron* de Marguerite de Navarre** (publié après sa mort en 1559), des voyageurs se réfugient dans une abbaye en attendant qu'un pont soit reconstruit pour pouvoir poursuivre leur périple. Pour se distraire, ils racontent des histoires, dont certaines semblent proches des fabliaux. La trente-quatrième nouvelle, par exemple, utilise le même quiproquo que dans *Les perdrix*.

En parallèle de la composition de ses *Fables* (1668-1693), **Jean de La Fontaine écrit des *Contes***, dont la publication s'échelonne sur vingt ans. Souvent grivois, certains d'entre eux s'inspirent directement des fabliaux.

***Le Médecin malgré lui* (1666) de Molière** a beaucoup à voir avec *Le vilain mire*. Difficile cependant de savoir comment le fabliau est parvenu jusqu'à lui : l'a-t-il lu ? L'a-t-il entendu ?

**XVIIIe siècle**

Deux fins lettrés rendent les fabliaux populaires. L'érudit **Étienne Barbazan** redécouvre les fabliaux et les publie dans un recueil (1756). **Legrand d'Aussy** vulgarise leur contenu. Son livre connaît un énorme succès (1779).

Dans ***Les Cent Contes drolatiques* (1832-1837), Honoré de Balzac** s'amuse à écrire des histoires inspirées du Moyen Âge et de Rabelais. Création d'une langue archaïsante et truculente. Son ambition avouée : écrire des contes dans la tradition des fabliaux.

# Les mots ont une histoire

Les mots des fabliaux nous sont souvent familiers, mais avec un autre sens que celui qu'ils avaient au Moyen Âge. Prendre connaissance de leur étymologie n'est donc pas inutile…

## *La société médiévale*

Fortement structurée, la société médiévale s'organise selon trois classes : la noblesse, le clergé et le peuple.

**Bachelier** : du latin populaire *baccalarius*, « propriétaire d'une métairie ». Au Moyen Âge, le terme désigne celui qui possède quelques « bachelles » de terre, puis le jeune noble qui n'est pas encore propriétaire d'un fief, et enfin tout jeune homme libre et dégagé de toute obligation (donc célibataire).

**Chevalier** : personnage emblématique du Moyen Âge, le chevalier est d'abord un guerrier dépendant d'un seigneur et combattant à cheval. Petit à petit, il devient le compagnon d'armes des puissants – prince ou roi – et forme avec ses semblables une aristocratie guerrière. Ce n'est cependant pas cette image qui est véhiculée dans les fabliaux.

**Sire** : en ancien français, « sire » et « seigneur » constituent les deux formes d'un même mot. Si, dans les relations féodales, le seigneur désigne le maître dont dépendent des terres et des personnes, sire est utilisé quand on s'adresse à un bourgeois ou à un chevalier.

**Vilain** : du latin *villanus*, habitant de la *villa*, grande propriété agricole gallo-romaine. Le vilain travaille donc la terre : c'est un paysan. Le mot n'a alors rien de péjoratif. Il le devient par contamination de l'adjectif « vil » : indigne, méprisable. Et comme le vilain appartient à la classe sociale la plus basse, il a facilement été associé à un mauvais comportement. Ensuite, le sens s'est élargi ; il a davantage traduit une attitude qu'un état de richesse. Le vilain s'oppose au **prudhomme**, homme sage et avisé.

**Chapelain** : d'après vous, de quoi s'occupe ce prêtre ? D'une chapelle, bien sûr.

**Clerc** : à l'origine, désigne un prêtre ou un moine, d'où le terme « clergé ». Le sens du mot s'élargit pour désigner une personne instruite ayant étudié dans une école épiscopale ou monastique. Tonsurés, les clercs avaient le droit de se marier. Ces étudiants, souvent turbulents, menaient une vie insouciante et joyeuse.

**Doyen** : si aujourd'hui le terme désigne la personne la plus âgée d'une société ou d'un groupe, doyen est tout d'abord un titre de dignité ecclésiastique. On peut être doyen d'une abbaye, par exemple.

**Moine** : du grec *monos*, « seul ». Le moine est un religieux chrétien qui vit seul, parfois en **ermite**, ou dans une communauté monastique. On rencontre dans nos fabliaux des moines de différents ordres, des templiers et des bénédictins notamment.

## Plaisirs de la bonne chère

**Couteau** : semblable à celui que nous utilisons aujourd'hui, le couteau est le couvert le plus répandu au Moyen Âge. Bien souvent, il n'y a pas d'autres ustensiles sur la table. La nappe sert également de serviette pour s'essuyer les mains. On partage un verre à deux ou trois convives. Quant à la fourchette, elle existe, mais on l'utilise très peu.

**Écuelle** : l'écuelle sert d'assiette. Large, creuse et sans rebord, elle peut contenir tout type de mets.

**Goberger (se)** : faire bombance. Les fabliaux regorgent de bons repas où l'on déguste viandes et vin de bon cœur. C'est d'ailleurs le reproche adressé à Brifaut par sa femme : il est soupçonné d'avoir brifaudé, c'est-à-dire d'avoir mangé goulûment le fruit de la vente de sa toile.

**Hanap** : du latin *hanappus*, « écuelle », ce mot désigne un grand vase qui sert à boire. Généralement en métal, il est muni d'un couvercle.

**Lard et perdrix** : la viande est rare sur les tables du peuple au Moyen Âge. On la sert les jours de fête… ou quand on reçoit son amant ! Les succulentes perdrix attrapées dans une haie sont une aubaine qui égaie un repas et affole ceux qui vont les dévorer. Quant au **lardier**, il nous rappelle que les viandes sont conservées dans le sel.

**Pain** : c'est l'aliment de base, à la ville comme à la campagne. Ce qu'on appelle alors la soupe est composé d'une tranche de pain sur laquelle on verse un bouillon ou un potage. Le menu quotidien, hors période de mauvaises récoltes et de famine, est donc modeste mais consistant.

**Vin** : on boit souvent du vin au Moyen Âge, qu'on préfère à l'eau, pas toujours saine et porteuse de maladies comme la dysenterie. Le degré d'alcool y est beaucoup moins élevé qu'aujourd'hui. Il existe déjà des vignobles réputés, comme ceux de Bourgogne.

## *S'habiller au Moyen Âge*

On ne peut pas parler de mode au Moyen Âge. Le vêtement a avant tout une fonction utilitaire : se protéger du froid.

**Aumusse** : portée à l'origine par les hommes et les femmes, l'aumusse est une sorte de capuchon doublé de fourrure qui permet de protéger la tête et les épaules du froid. Cette coiffure devient par la suite un élément caractéristique de la tenue de certains religieux.

**Braies** : l'ancêtre du pantalon est une sorte de large culotte, portée à l'origine par les Gaulois. Ce vêtement ample recouvre les jambes et est resserré à la cheville par un lacet.

**Chape** : manteau à capuchon sans manches qui permet de se protéger de la pluie et du froid. C'est aussi la grande cape de cérémonie des prêtres ou des cardinaux. On utilise aujourd'hui ce nom dans l'expression « chape de plomb », qui était autrefois un instrument de torture…

**Cotte** : tunique à manches longues, serrée à la taille par une ceinture, portée par les deux sexes. Celle des hommes était fendue sur le côté pour leur permettre de monter à cheval. La **cotte de maille**, quant à elle, fait partie de l'équipement du chevalier : c'est une sorte de chemise faite de mailles métalliques placée sous l'armure.

**Robe** : synonyme de cotte. Les hommes comme les femmes en portaient. Au Moyen Âge, la robe peut aussi désigner le vêtement en général.

## *Vivre avec Dieu*

**Baron saint Jacques** : bien que désignant d'abord un titre de noblesse, « baron » accompagne souvent le nom d'un saint, de façon honorifique.

**Heures** : en général, on ne disposait pas d'horloge dans les maisons. La vie quotidienne était rythmée par le son des cloches des églises qui annonçaient l'heure des prières. Les **matines** marquent l'office de minuit et les **laudes** celui qui les suit, au lever du jour.

**Messe** : avec la prière quotidienne et le jeûne pendant le Carême, assister à la messe fait partie des obligations de tout bon chrétien.

**Pèlerinage** : c'est un voyage qu'accomplit un croyant vers un lieu saint, dans l'espoir d'obtenir la grâce divine. Le pèlerinage à Compostelle, pour honorer saint Jacques, est l'un des plus célèbres au Moyen Âge. Le mot **pèlerin** vient du latin d'église *pelegrinus* qui signifie à la fois l'étranger et le voyageur.

**Reliques** : du latin *reliquiae*, « les restes ». Ce sont les fragments de corps restants d'un saint. Le culte des reliques est caractéristique de la dévotion au

Moyen Âge. Conservées précieusement dans des **reliquaires**, elles attirent de nombreux pèlerins dans les lieux sacrés.

**Suppôt de Satan!** : on reconnaît dans suppôt le préfixe latin *sub-*, « en dessous ». Le suppôt désigne donc le vassal, celui qui est subordonné, ici au diable : c'est-à-dire l'hérétique. Mais plus généralement, cette expression, souvent utilisée comme insulte, qualifie une personne méchante et mal intentionnée.

## Exercices

### PÉCHÉS CAPITAUX

Au XIII$^{e}$ siècle, le théologien Thomas d'Aquin établit la liste des sept péchés capitaux auxquels tout bon chrétien ne doit pas se soumettre : l'avarice, la colère, l'envie, la gourmandise, la luxure, l'orgueil et la paresse.

**1** De quel péché relève chacune des phrases suivantes ?

« Si j'avais la permission et la possibilité de coucher un peu près de vous, je serais ragaillardi et requinqué. »

« Elle sent frétiller sa langue, songeant à la perdrix qui reste : elle deviendra enragée si elle ne peut en avoir ne serait-ce qu'un petit bout. »

« Je veux perdre un œil et que mon compagnon perde les deux : ainsi subira-t-il un double préjudice. »

**2** À quel antonyme chacun de ces péchés correspond-il ?

### SYNONYMES

Au sens figuré, le nom « vilain » prend une connotation péjorative et désigne celui qui agit bassement. **Gredin**, **bouffon**, **larron** : cherchez dans le dictionnaire le sens précis de ces synonymes que l'on trouve dans nos fabliaux.

### AUTOUR DE LA GOUTTE

Le nom féminin « goutte » a une histoire particulière. Il vient du latin *gutta*, « goutte de liquide » ou, au figuré, « petit morceau ». Il désigne alors une très petite quantité de liquide, comme la goutte de pluie. C'est de là que vient l'expression aujourd'hui vieillie « n'y voir goutte », signifiant ne voir pas même une goutte, autrement dit rien du tout. Mais le mot prend un autre sens vers 1200, plus médical : il désigne une maladie touchant les articulations, censée être provoquée par une goutte de liquide de mauvaise qualité contenue dans le corps humain, qui provoque une infection. La goutte exprime donc l'idée de douleur, voire de malaise plus généralisé.

**1** À partir de l'explication de la négation « ne… goutte », indiquez le sens de :

– Je ne vois point.
– Je ne mange mie.
– Il ne dit mot.

**2** Expliquez le jeu de mots dans ces deux extraits : « Sœur, fait-il, va dans le grenier. Tu prendras du blé pour le vendre si tu veux avoir des deniers, car je ne t'en apporte goutte. – Qu'aujourd'hui, dit-elle, Brifaut, pleuve sur toi la male goutte ! » (p. 36) et « Que j'attrape la goutte si je ne sais s'ils y voient goutte ! » (p. 63).

Indication : « *male* » vient du latin *malus*, « mauvais ».

## FAMILLES DE MOTS

Une famille de mots est constituée de tous les mots formés sur le même radical.

**1** Le nom « vilain » a subi la contamination de l'adjectif « vil ». Remplissez le tableau selon que les mots appartiennent à la famille de vilain ou de vil. Aidez-vous d'un dictionnaire si nécessaire.

| | **Avilir** | **Vilainement** | **Avilissement** | **Vilenie** | **Vilipender** |
|---|---|---|---|---|---|
| Vilain ou vil ? | | | | | |

**2** Les mots commençant en latin par la syllabe ca- ont donné en français des mots débutants par ch-. D'après vous, parmi les suivants, lesquels sont issus du latin *cappa*, « capuchon, manteau », et lesquels de *capella*, « lieu sacré » ?

| | **Chapelle** | **Chaperon** | **Chape** | **Chapeau** | **Chapelain** | **Chapelier** |
|---|---|---|---|---|---|---|
| *Cappa* ou *capella* ? | | | | | | |

## EXPRESSIONS FIGURÉES

**1** Expliquez les images utilisées dans ces deux expressions en lien avec la nourriture :

« Il ne vaut pas deux miches. »

« Il a fait son gâteau avec ma pâte. »

**2** Cherchez des expressions figurées contenant le mot « pain », comme « retirer à quelqu'un le pain de la bouche », et employez-les dans une phrase.

# Les noms propres sont porteurs de sens

**Grevais** : en ancien français, *grever* signifie « accabler, tourmenter, nuire ». Ri
d'étonnant donc que, dans *Le prévôt à l'aumusse*, l'homme chargé de gérer
terres du chevalier se nomme ainsi : son nom même indique qu'il n'agira p
pour le bien de son maître. Et la façon dont il vole du lard à la barbe du cheval
ne peut qu'inquiéter sur la façon dont il a dû gérer le domaine en son absence

**Robert Barbefleurie** est l'un des trois aveugles de Compiègne. Hormis l'a
tération en [b] qui donne un aspect comique au personnage, remarquons q
l'adjectif *flori* désigne la couleur blanche. Le patronyme Barbefleurie perm
de caractériser rapidement le physique du mendiant aveugle, à la barbe
sûrement aussi aux cheveux blancs.

**Brifaut** : le nom de ce personnage vient du verbe *brifalder* ou *brifauder*.
ancien français, il signifie « manger goulûment, voracement ». Dans la phra
« Brifaut, tu l'as bien brifaudée », le conteur invite le lecteur à faire le rapp
chement entre le nom propre et le verbe. C'est ici l'occasion d'un jeu de mo
Quand Brifaut rentre chez lui tout penaud, les mains vides parce qu'il s'
sottement fait voler sa toile, sa femme croit qu'il a dépensé l'argent de la ver
de son étoffe dans un bon repas !

Très populaire au Moyen Âge, **Saint Martin** est souvent évoqué dans
fabliaux. Il présidait à la bonne chère. Le fils l'invoque dans *La couverture p*
*tagée* : « je le dis par saint Martin, je ne boirai jamais de vin ni ne mangerai bo
morceaux que vous n'en ayez de meilleurs ». Dans *Les perdrix*, l'auteur gli
avec malice une invocation à saint Martin dans la bouche de l'épouse : «
par saint Martin, il n'y a perdrix ni oiseau ». Et de fait : par gourmandise, ell
préféré les manger plutôt que de les partager avec son mari et le chapelai

# Dernières observations avant l'analyse

## 1. *Qu'est-ce qu'un fabliau ?*

Comme vous avez pu le constater, les fabliaux sont des récits courts. Le lecteur n'a guère le temps de s'ennuyer, vu les nombreux rebondissements qui ne laissent aucune pause dans le récit. Le nom « fabliau », ou encore « fableau », qu'on prononçait sûrement « fabiau », trouve son origine en Picardie, région de naissance de cette forme littéraire. Né vers la fin du XIIe siècle, ce mot à la vie courte meurt dès le premier quart du XIVe siècle, quand le genre s'éteint. **Au début, « fabliau » prend le sens de son étymologie latine, *fabula* : l'histoire que l'on raconte**. De cette même étymologie, on a tiré un autre genre littéraire : la fable. Les deux formes ont d'ailleurs des points communs : la brièveté, la versification – le fabliau est souvent écrit en octosyllabes – et la morale.

## 2. *Un conte à rire*

Cependant la définition de fabliau ne peut s'arrêter à l'idée de récit. Ce serait passer à côté de son ambition première : divertir. L'auteur des *Trois aveugles de Compiègne* l'affirme : « Fableaux sont bons à écouter : ils font oublier mainte peine, mainte douleur et maint ennui. » Le sujet de l'histoire s'avère souvent basique : une ruse, une débrouillardise qui permet à celui qui l'imagine de retourner une situation à son avantage, une « bonne blague », pourrions-nous dire ! On se moque aussi des travers des uns et des autres – le vice, la lâcheté, la naïveté. L'affaire est d'autant plus amusante quand le protagoniste, qui devrait avoir un comportement exemplaire, ne l'a pas. Quoi de plus drôle, en effet, que de voir un curé qui, par péché de gourmandise, se retrouve les quatre fers en l'air dans un buisson ?

## 3. Des histoires vraies ?

Bien souvent, en préambule de son fabliau, le conteur précise : « je veux dire, au lieu d'une fable, une aventure qui est vraie ». Le conteur opère donc une différence entre la fable et le fabliau : la première serait de la pure fiction alors que le second relèverait de la vérité, de l'authenticité, voire du témoignage. Ne vous fiez pas à cette distinction. Faire comme si l'histoire qu'on raconte est vraie était un usage, une convention dont on n'était pas dupe, même au Moyen Âge. Cette formule permettait de lancer le récit des conteurs ambulants. Pour donner l'illusion de la vraisemblance, ceux-ci indiquaient souvent où se passait l'histoire – à Compiègne (p. 67), à Abbeville (p. 43) – et précisaient leur source : « je veux, sans prendre de répit, vous dire l'histoire d'un prêtre comme Garin nous la raconte » (p. 24).

**Exercices**

***Cherchez dans quelles villes Brifaut va au marché. Dans quelle région de France se trouvent-elles ? Cela confirme-t-il ce que vous avez appris sur les fabliaux ?***

## 4. Une morale édifiante ?

Le fabliau, comme sa cousine la fable, se clôt bien souvent par une morale. Le récit est donc censé permettre à son lecteur de tirer un enseignement des (més)aventures vécues par les personnages. Dans *Le prudhomme qui sauva son compère* – « rendre service à un perfide, c'est là vraiment perdre son temps » –, l'auteur nous invite à réfléchir à l'application d'un principe moral simple : aider son prochain.

Cependant, bien souvent, les faits ou certains propos viennent tempérer la portée de la leçon. *La couverture partagée* examine le devoir de piété filiale, lié au quatrième commandement dicté par Dieu à Moïse : «Tu honoreras ton père et ta mère. » Dans le récit, le petit-fils veut apprendre à son père le respect et l'assistance qu'il doit à son propre père. Et pourtant, voici la leçon de ce fabliau : « Ne donnez rien à vos enfants que vous ne puissiez recouvrer : ils sont, croyez-le, sans pitié ; ils en ont assez de leur père s'il ne peut plus leur être utile. » Elle s'avère finalement bien éloignée des recommandations sacrées, puisqu'il s'agit là d'inciter les parents à se méfier de leur progéniture !

La moralité convainc donc rarement. Tradition du genre ? Survivance de la fable dans le fabliau ? Il faut admettre que le récit n'en a pas franchement besoin pour exister et garder toute sa saveur…

**Exercices**

***Montrez que, de la même manière, la morale du*** **Prudhomme qui sauva son compère** ***détourne le commandement religieux : «Aide ton prochain comme toi-même.»***

# J'ANALYSE

# Cherchez l'intrus

**1** Dans *Le roi et le conteur*, quel subterfuge le conteur utilise-t-il pour arrêter de parler ?

Il s'endort, épuisé d'avoir trop parlé.

Il imagine une histoire où un grand troupeau de brebis doit prendre beaucoup de temps pour traverser une rivière.

Il laisse la parole à son roi, qui poursuit le récit.

**2** *La couverture partagée* met en scène un enfant. Quelles sont ses qualités ?

Gentil et dévoué.

Fin observateur.

Intéressé et impitoyable.

**3** Dans *Les perdrix*, qui dupe qui ?

La femme dupe le mari.

La femme dupe le prêtre.

Le prêtre dupe le mari.

**4** Lequel de ces fabliaux ne met pas en scène le péché de gourmandise ?

*Les perdrix*.

*Le prêtre qui mangea les mûres*.

*Brifaut*.

**5** Quelle est la leçon du fabliau *Le prévôt à l'aumusse* ?

Qui vole un œuf vole un bœuf.

Un bien volé ne profite jamais longtemps.

Mieux vaut être volé que voleur.

**6** Dans *Le prêtre au lardier*, quel argument Baillet le Savetier n'utilise-t-il pas pour vendre son lardier au prix fort ?

Son tonneau parle latin.
Son tonneau est fabriqué dans un bois exceptionnel.
Il veut aller présenter ce lardier merveilleux à l'évêque.

**7** Le fabliau du *Vilain mire* met en scène un chevalier. Quelles propositions retenez-vous pour décrire ce personnage ?

Un homme ruiné et tombé dans la misère.
Un homme fier et combatif.
Un homme réduit à marier sa fille à un riche bourgeois.

**8** Lequel de ces fabliaux met en scène un prêtre irréprochable ?

*Le prêtre qui mangea les mûres*.
*Les trois aveugles de Compiègne*.
*Le boucher d'Abbeville*.

**9** Qui sont les dindons de la farce dans *Les trois aveugles de Compiègne* ?

Les trois aveugles.
L'hôtelier.
Le clerc.

**10** Quelles sont les fonctions d'un fabliau ?

Distraire.
Enseigner.
Effrayer.

# La construction du texte

## 1. *Les lieux*

Relevez les noms de lieu dans les trois premiers paragraphes du *Boucher d'Abbeville* et dans le deuxième paragraphe des *Trois aveugles de Compiègne*.
a) Repérez ces lieux sur une carte. Où se situent-ils sur le territoire français ?
b) Recherches : quelle langue parlait-on alors dans cette région ?

## 2. *Gagnants et perdants*

La fin d'un fabliau établit toujours clairement qui a perdu et qui a gagné.

Classez les personnages dans le tableau suivant : ***le ménestrel – le clerc que rencontrent les trois aveugles – le prêtre qui mangea les mûres – la femme du vilain mire – la femme du boucher – le prêtre au lardier – l'épouse gourmande – le chapelain des* Perdrix.**

| Qui a gagné ? | Qui a perdu ? |
|---|---|
| | |

Qui perd systématiquement ?

## 3. *Le rôle des objets*

Relisez *Le boucher d'Abbeville*. Le mouton joue un rôle fondamental dans la construction de l'intrigue.

Rétablissez la chronologie des événements :

– le boucher obtient les faveurs de la servante, à qui il a promis la peau du mouton ;

- le boucher vole une bête au berger ;

– le boucher promet au prêtre de partager son mouton en échange d'un hébergement ;

– le boucher revend le mouton à son premier et seul propriétaire ;

– le boucher obtient les faveurs de la dame à qui il a aussi promis la peau du mouton.

Pourquoi peut-on dire que l'objet subit une métamorphose ?

En quoi consiste la ruse du boucher ?

## 4. *La répétition comme élément structurant*

Relisez *Les perdrix* et *Le vilain mire* :

a) Quelles sont les deux ruses successives imaginées par l'épouse dans *Les perdrix* ?

b) Quelles sont les deux épreuves successives que doit affronter le mire à la cour du roi ?

Dans chaque réponse, montrez que le second motif est plus subtil et plus complexe que le premier.

## 5. *Le schéma narratif*

Le schéma narratif permet d'établir les grandes étapes de n'importe quel récit. Dans **la situation initiale**, l'auteur présente les personnages et le décor.

**L'élément perturbateur** vient rompre l'équilibre. Cette perturbation, dans un récit au passé, s'identifie souvent par l'irruption du passé simple et d'un connecteur de temps, du type « tout à coup ». S'enchaînent alors **les péripéties**, c'est-à-dire une série d'événements qui visent à régler le problème posé par l'élément perturbateur. L'ultime péripétie, appelée **dénouement**, permet au récit de revenir à une situation équilibrée. Cette stabilité retrouvée s'appelle **la situation finale**.

Établissez la chronologie des faits dans *Le prévôt à l'aumusse* et replacez les étapes du schéma narratif dans le tableau.

A) Le larcin est découvert. B) Le chevalier revient de son voyage. C) Le chevalier part en pèlerinage à Saint-Jacques de Compostelle et confie la gestion de sa terre au prévôt. D) Le prévôt, ce « franc coquin », vole un morceau de lard et le cache dans son aumusse. E) Un chevalier respectable et respecté règne sur ses terres. F) Le prévôt est jeté dans un fossé. Le royaume du chevalier retrouve la sérénité. G) On organise un festin pour fêter le retour du chevalier. H) Les gens du chevalier rossent le prévôt de coups. I) Il fait chaud ; le lard fond et coule sur le visage du prévôt.

| | |
|---|---|
| *Situation initiale* | |
| *Élément perturbateur* | |
| *Péripétie 1* | |
| *Péripétie 2* | |
| *Péripétie 3* | |
| *Péripétie 4* | |
| *Péripétie 5* | |
| *Dénouement* | |
| *Situation finale* | |

# Au cœur de la phrase

## *Le lien entre le verbe et son sujet*

Le plus souvent, le sujet est devant le verbe, mais ce n'est pas une obligation grammaticale.

**Exercices**

***«D'où venez-vous? Où allez-vous? Dites-moi ce que vous cherchez.»***
***«Qu'attendons-nous? fait l'un des deux.»***
***– Soulignez d'un trait les verbes conjugués.***
***– Identifiez leur temps et leur mode.***
***– Soulignez de deux traits le sujet de chaque verbe. Lequel n'a pas de sujet exprimé? Pourquoi?***
***– Justifiez l'inversion du sujet dans le second extrait.***

Il faut donc identifier le sujet pour pouvoir conjuguer le verbe à la personne qui convient.

**Exercices**

***«Enfin il trouva une barque qui était petite et légère et ne pouvaient y prendre place que le bonhomme et deux brebis.»***
***– Soulignez d'un trait les verbes conjugués.***
***– Identifiez leur temps.***
***– Soulignez de deux traits le sujet de chaque verbe.***
***– Justifiez la terminaison de «pouvai*ent*».***

## Éclairage sur le participe passé

Observons les participes passés « cuites » et « mangées » dans ces deux répliques :

**Exercices**

***« Dis, les perdrix sont-elles cuites ?***
***– Sire, fait-elle, tout va mal, car les chats me les ont mangées. »***
**a)** ***Que remplace « les » devant « ont mangées » ? Identifiez la classe grammaticale, puis la fonction de « les ». Et rappelez la règle d'accord du participe passé.***
**b)** ***Récrivez ces deux répliques en remplaçant « perdrix » par « poulets ».***
***De la même façon, justifiez l'orthographe de « perdue » et de « vue » dans l'extrait suivant : « Dieu ! ma toile, je l'ai perdue ! Dame sainte Marie, à l'aide ! Qui a ma toile ? Qui l'a vue ? »***

## Subjonctif et impératif

Le subjonctif est le mode qui exprime le souhait, l'impératif l'ordre.

**Exercices**

***« Cher seigneur, lui dit-il, que Dieu vous aide, faites-moi la charité de m'héberger. »***
***« Que tout soit fait à son retour ! »***
**a)** ***À quel mode sont les verbes soulignés ?***
**b)** ***Justifiez leur emploi.***
**c)** ***Quelle autre forme verbale est conjuguée au subjonctif ? Qu'exprime-t-elle ?***

## Des verbes peu usités

Certains verbes que vous avez trouvés dans les fabliaux sont utilisés aujourd'hui dans les films ou les séries télévisées quand on veut donner l'impression que l'action se passe au Moyen Âge. Ils ont été remplacés par des synonymes que vous allez retrouver.

**Exercices**

***«Oyez»; «Que le Seigneur me honnisse»; «L'autre choit»; «Peu me chaut».***

## Valeur des temps : le présent

Le présent de l'indicatif a différentes valeurs. On l'utilise pour :
- dire ce qu'il se passe au moment même où l'action a lieu. C'est **le présent d'énonciation** ;
- énoncer une vérité, quel que soit le moment où l'on se situe. C'est **le présent de vérité générale** utilisé dans les proverbes ou les définitions ;
- **exprimer une habitude** ;
- donner l'illusion au lecteur que les faits se déroulent au moment même où il les lit. On l'appelle alors **présent de narration**. Il peut apparaître au sein d'un énoncé au passé.

**Exercices**

*Identifiez la valeur du présent dans les extraits suivants et justifiez votre réponse.*
*«Oyez ce que fit le prévôt : d'un bond il* **enjambe** *le feu,* **court** *au plus vite vers la porte.»*
*«[…] celui-là n'***est** *pas bien sage qui raconte tout ce qu'il pense.»*
*«Eustache d'Amiens vous* **prie** *et vous* **demande,** *s'il vous plaît, de rendre ce jugement en toute droiture et loyauté.»*
*«On en* **voit** *chaque jour la preuve et l'on* **dit** *souvent […].»*

# Caractérisation des personnages

**1** Les personnages des fabliaux sont-ils représentatifs de la société médiévale ?

a) Voici une liste de personnages apparaissant dans les fabliaux : ***bachelier – roi – vilain – chevalier – clerc – boucher – chapelain – mendiant – bouffon – prêtre – bourgeois – doyen - savetier.***

Classez-les dans ce tableau à trois colonnes :

| Noblesse | Clergé | Peuple |
|---|---|---|
| | | |

b) Quelle est la catégorie la plus représentée ?

c) *La couverture partagée* et *Le vilain mire* mettent en scène un chevalier. Quel portrait en donnent ces fabliaux ? Correspond-il à l'image que nous nous faisons habituellement du chevalier ?

d) Répondez alors à la question initiale.

**2** Bien souvent, les auteurs de fabliaux ne s'embarrassent guère de portraits fouillés. Ce sont plutôt des types de personnages qui sont utilisés pour emporter le lecteur dans un récit alerte. Dans quel fabliau trouve-t-on les personnages suivants ?

***Le vilain riche mais avare – le prêtre gourmand – le riche bourgeois – l'épouse menteuse – le vilain bête – le prêtre cupide – le boucher lubrique.***

**3** De parfaits idiots ! Quels fabliaux s'amusent à mettre en scène des personnages dont la bêtise en fait des victimes toutes trouvées pour les bons tours des uns et des autres ?

**4** Être futé(e), voilà la clé de la réussite pour un personnage de fabliau ! Montrez que l'épouse dans *Les perdrix* sort gagnante du récit grâce à son ingéniosité.

**5** « Femme est faite pour tromper » : voilà l'enseignement que l'auteur des *Perdrix* assène à son lecteur. Quels sens pouvez-vous donner au verbe « tromper » ? Cette leçon se vérifie-t-elle dans *Le prêtre au lardier* ?

**6** Lisez *Le prêtre qui mangea les mûres* et établissez le schéma actantiel de ce fabliau. Qui est le personnage principal ? Quel est son but ? Quel défaut le pousse à agir ? Qui l'aide et qui l'empêche d'agir ?

**7** À vous d'écrire ! À partir du fabliau *Le Cupide et l'Envieux*, imaginez le portrait physique de ces deux personnages.

# Les intentions de l'auteur : faire rire

Le fabliau, qu'on appelle aussi conte à rire, utilise toutes les ressources du registre comique pour divertir son public, lecteur ou spectateur. N'oublions pas que ces récits étaient aussi destinés à la représentation.

## *Le comique de caractère*

C'est en mettant en évidence le défaut d'un personnage, et parfois en l'accentuant, qu'on provoque le rire. Par exemple, la gourmandise du prêtre dans *Le prêtre qui mangea les mûres*.

Trouvez d'autres exemples de ce type de comique dans *Les perdrix* et dans *Le Cupide et l'Envieux*.

**Le comique de caractère : L'intrigue se construit sur le défaut d'un personnage.**

## *Le comique de gestes*

**Le comique de gestes : Le fabliau est à l'origine raconté devant un public : les descriptions qu'il contient sont amplifiées par les gestes de celui qui raconte.**

Imaginons le jongleur devant son public : le comique de gestes lui permet de mimer les actions des personnages, de les rendre vivants, et surtout ridicules. Le jongleur s'appuie sur les indications données par le récit pour provoquer le rire, par exemple : « il se frotte au vilain qui s'est engagé dans la foule ; tant il le tire et tant le pousse que l'autre choit de tout son long et que la toile tombe à terre ».

Cherchez d'autres exemples de comique de

gestes : un soufflet, des coups, une bastonnade et même un crêpage de chignons ! Montrez que l'étrillage du prévôt à l'aumusse relève de la parodie du combat de chevalerie.

## *Le comique de situation*

Les fabliaux regorgent de personnages cachés, de quiproquos ou encore de situations embarrassantes révélant la bêtise de certains. Pensons au prévôt cachant le lard dans son chapeau et n'ayant pas anticipé que la graisse pourrait fondre au contact de sa peau…

À vous de trouver d'autres exemples de ce type de comique dans *Les perdrix*, *Le prêtre au lardier*, *Brifaut*, *Le vilain mire* et *Les trois aveugles de Compiègne*.

**Le comique de situation : Les personnages peuvent se trouver dans des situations étonnantes, parfois même contraires à leur statut. Il en est de même pour les relations inattendues qui les unissent.**

## *Le comique de mots*

**Le comique de mots : Il regroupe tous les effets comiques liés au langage.**

Les fabliaux ne se privent pas d'employer un langage grossier, voire ordurier, comme par exemple lors de la dispute entre les personnages féminins du *Boucher d'Abbeville*. La personnification d'un objet relève aussi du comique de mots. Pensons au lardier qui se met à parler, en latin de surcroît, parodiant la prière du *Pater Noster* !

# Quelle vision de la société dans les fabliaux ?

Dans les fabliaux, les personnages sont peu caractérisés et ne donnent pas une vision réaliste de la société médiévale. Ces contes à rire fonctionnent comme le sketch d'un humoriste aujourd'hui : ils s'amusent avec les clichés qui circulent sur tel ou tel représentant de la société. En premier lieu, sur les membres du clergé.

## Le clergé

**Exercices**

**Le sens des mots**

***Le prêtre a rarement le beau rôle, et les fabliaux le présentent souvent comme débauché ou concupiscent. Cherchez le sens de ces mots.***

Le personnage du prêtre est rarement le héros d'un fabliau. Les événements jouent toujours en sa défaveur. On lui reproche d'être avare, sans scrupules, gourmand et, bien souvent, concupiscent. Il entretient même parfois une maîtresse, qu'on appelait alors « prêtresse ». Mais ce cliché du religieux débauché ne doit pas nous amener à voir dans les fabliaux une violente critique du clergé. Le curé est parfaitement intégré à la vie quotidienne. Dans *Les perdrix*, par exemple, on ne voit rien d'anormal à ce que les volailles soient partagées avec le prêtre. Jamais sa mission – ni la hiérarchie de l'Église d'ailleurs – ne se trouve remise en cause.

## Les femmes et le mariage

De la même manière, les liens sacrés du mariage ne sont pas remis en question, alors que les cas d'adultère sont légion. Les fabliaux montrent une condition féminine souvent difficile. *Le vilain mire* est à cet égard révélateur. La fille du vieux chevalier, veuf et pauvre, doit se résigner à un mariage non désiré avec un riche vilain. Ce dernier la bat pour la garder auprès d'elle et repousser tout amant éventuel. La jeune femme ne trouve alors pas d'autres ressources que les larmes et la vengeance pour mettre fin à son calvaire.

## *L'émergence d'une nouvelle classe sociale : la bourgeoisie*

Au Moyen Âge, les villes se développent et voient naître de nouveaux métiers. Les artisans, commerçants et marchands, tous des vilains à l'origine, participent au dynamisme économique de la période. Cette nouvelle classe sociale, qu'on appelle bourgeoisie parce qu'elle est née de l'essor des bourgs, bouleverse la société médiévale en profondeur. L'argent, sonnant et trébuchant, remplace petit à petit le troc auquel les campagnes étaient habituées. Même si son enrichissement est variable et précaire, la bourgeoisie cherche aussi à acquérir un meilleur statut social. C'est dans ce but que sont conclues des alliances matrimoniales entre un riche vilain et une jeune fille noble et sans fortune.

**Exercices**

**Qui exerce quel métier ?**
***Trouvez un exemple d'artisan, de commerçant et de marchand dans nos fabliaux.***

**Exercices**

**L'argent joue un rôle important dans certains récits**

***Relisez* Le roi et le conteur, La couverture partagée *et* Le prêtre au lardier *et relevez les monnaies utilisées dans ces trois fabliaux. Faites des recherches sur les termes employés.***

# Résumons *Les trois aveugles de Compiègne*

***Si vous avez bien lu, vous pourrez replacer facilement les 10 termes suivants au bon endroit : curé ; généreux ; exorcisme ; clerc ; aveugles ; Senlis ; Compiègne ; besant ; pantagruélique ; hôtelier.***

Trois ......... font route en direction de ......... . En chemin, ils croisent un ......... qui décide de se jouer d'eux et de leur handicap. Il fait croire à chacun d'entre eux qu'il a donné à son voisin un ......... d'or.

Persuadés de leur fortune, les trois compagnons reviennent sur leurs pas et décident de passer la soirée, puis la nuit dans la meilleure auberge de ......... . L' ......... leur sert un dîner ......... . Le lendemain matin, à l'heure de régler la note, la situation se tend : chacun des aveugles pense que l'autre détient la pièce d'or. Mais il n'en est rien ! Le clerc, qui a assisté à toute la scène, se montre ......... et paie à leur place.

Cependant, le clerc ne donne pas immédiatement l'argent à l'aubergiste. Pour ne rien débourser, il imagine une dernière fourberie : après la messe, dit-il, le ......... de la paroisse paiera pour lui les quinze sous qu'il doit à l'hôtelier. Les deux hommes se rendent donc à l'office. Mais, entre-temps, le clerc a convaincu le curé de la folie de l'homme qui l'accompagne : un ......... s'avère nécessaire pour le libérer de son mal. La cérémonie a lieu ; l'aubergiste ne comprend pas ce qui lui arrive et finit par s'extirper du lieu, humilié et berné. Quant au clerc, il est déjà loin…

**Exercices**

**À vous de résumer le fabliau du *Vilain mire***

***Votre texte fera une quinzaine de lignes et contiendra les mots ou expressions suivants : vilain – l'épouse – le roi – la fille du roi – les messagers – comique de répétition – mire – jalousie – battre / être battu – ruses.***

# Exercices

## LE FURET LECTEUR DES 6 PREMIERS FABLIAUX

***Le roi et le conteur***

**1.** À partir de ce fabliau, dites ce qu'est un ménestrel.

**2.** Comment le conteur échappe-t-il à l'ordre du roi ?

***Le Cupide et l'Envieux***

**3.** Quelle proposition saint Martin fait-il aux deux compagnons, l'Envieux et le Cupide ?

***Le prudhomme qui sauva son compère***

**4.** Que reproche l'homme rescapé au pêcheur qui l'a sauvé de la noyade ?

**5.** Pourquoi pouvez-vous dire que cet homme est perfide ?

***La couverture partagée***

**6.** À quelle condition le fils du riche bourgeois d'Abbeville peut-il épouser la fille du chevalier ?

**7.** Après douze années de mariage, que demande l'épouse à son mari concernant son beau-père ?

***Les perdrix***

**8.** Quels mensonges l'épouse sert-elle d'abord à son époux, puis à son amant ?

**9.** Quelle leçon le narrateur vous invite-t-il à tirer de ce fabliau ?

***Le prêtre qui mangea les mûres***

**10.** Relevez dans le texte deux exemples illustrant la bêtise du prêtre et justifiez vos choix.

## LECTURE D'EXPERT

1. Dans *Le prudhomme qui sauva son compère*, le récit met en scène un jugement. Chaque personnage, le pêcheur et l'éborgné, défend son point de vue. Reformulez les arguments avancés par l'un et l'autre. La proposition avancée par le personnage du bouffon permet aux juges d'envisager une sentence équitable. Prouvez-le.
2. Dans *Les perdrix*, l'auteur exploite le comique de caractère, de gestes et de situation. Relevez un exemple de chacun de ces types de comique.
3. « Celui-là n'est pas bien sage qui raconte tout ce qu'il pense » : telle est la leçon du *Prêtre qui mangea les mûres*. Prouvez-le.

## LE FURET LECTEUR DES 4 FABLIAUX SUIVANTS

***Le prévôt à l'aumusse***

1. De quoi le prévôt est-il chargé pendant l'absence du chevalier ?
2. Comment un valet du chevalier se rend-il compte du larcin opéré par le prévôt ?

***Le prêtre au lardier***

3. Qu'apprend Baillet de la bouche de sa fille de trois ans ?
4. Quelle ruse Baillet imagine-t-il alors pour se venger de son épouse et de l'amant de celle-ci ?
5. Répartissez les personnages de ce fabliau en deux colonnes : le(s) gagnant(s) et le(s) perdant(s). Justifiez votre réponse.

| Gagnants | Perdants |
|---|---|
| | |

***Brifaut***

**6.** Quelle ruse le larron imagine-t-il pour voler la toile de Brifaut ?

***Le vilain mire***

**7.** Pourquoi le vilain mire bat-il sa femme ?

**8.** Comment l'épouse se venge-t-elle des mauvais traitements que son mari lui inflige ?

**9.** Qu'arrive-t-il au vilain mire chaque fois qu'on lui demande d'exercer la médecine ?

**10.** Quelles sont les deux ruses qu'imagine le vilain mire pour « guérir » les malades et se sortir de situations épineuses ?

## LECTURE D'EXPERT

**1.** Dans *Le prêtre au lardier*, le lardier joue un rôle fondamental dans la construction de l'intrigue. Prouvez-le.
Pour vous aider, montrez que la fonction du lardier évolue au cours du récit.

**2.** Dans ce fabliau, les péripéties sont racontées du point de vue de Baillet, ce qui est source de comique. Prouvez-le.

**3.** Le comique de répétition est plusieurs fois à l'œuvre dans *Le vilain mire*. Prouvez-le.

## LE FURET LECTEUR DES 2 DERNIERS FABLIAUX

***Le boucher d'Abbeville***

**1.** Que vient demander le boucher au prêtre ?

**2.** Comparez les deux dialogues entre le boucher et le prêtre (p. 48-49 et 50-51). Le prêtre réagit-il de la même manière dans les deux cas ? Quels arguments le boucher avance-t-il la deuxième fois ?

3. Quelle ruse le boucher a-t-il mise en œuvre pour faire changer d'avis le prêtre ?
4. Comment ensuite le boucher se joue-t-il du prêtre grâce à la peau du mouton qu'ils ont mangé la veille au soir ?
5. Montrez que le prêtre est quatre fois victime des tours du boucher.

***Les trois aveugles de Compiègne***

6. Qu'offre le clerc aux trois aveugles ? Le fait-il vraiment ?
7. Que décident de faire les trois aveugles avec cette belle pièce d'or ?
8. Pourquoi le règlement du repas et de la nuit pose-t-il problème ? Qui arrange la situation ?
9. À la fin du fabliau, quelle cérémonie religieuse l'hôtelier subit-il ?
10. Recopiez la morale que donne l'auteur à la fin de ce fabliau (p. 73). Est-elle en adéquation avec son contenu ? Rappelez-vous notamment le comportement du clerc.

## LECTURE D'EXPERT

1. Relisez le premier et le dernier paragraphe du *Boucher d'Abbeville* (p. 47 et 62). Un homme raconte une histoire à un auditoire. Prouvez-le.
2. Le fabliau du *Boucher d'Abbeville*, avec ses nombreux dialogues, entretient un lien étroit avec la théâtralité. Prouvez-le.
   **Aide** : si l'on considère qu'une scène au théâtre correspond à l'entrée ou à la sortie d'un personnage, établissez le découpage des scènes à partir de « La femme du prêtre se leva » (p. 55) jusqu'au dénouement.
3. Qui est le héros des *Trois aveugles de Compiègne* ? Bien que le titre n'y fasse pas allusion, l'intrigue ne fonctionnerait guère sans le personnage du clerc. Prouvez-le.

# Jeu : les mots mêlés

## *Le repas au Moyen Âge*

**a)** Trouvez les mots suivants dans la grille : ***brifauder – chapon – couteau – écuelle – goberger – hanap - lardier – pain – pâté – perdrix – viande – vin.*** Les mots peuvent se lire dans tous les sens, horizontalement, verticalement ou en diagonale.

**b)** Quels sont les cinq mets dont se régalent les trois aveugles dans *Les trois aveugles de Compiègne* ?

**c)** Remettez les lettres des cases grisées dans le bon ordre : de quel ustensile s'agit-il ? Il existe déjà au Moyen Âge, mais on n'a pas l'habitude de l'utiliser.

| | | | | | | | | |
|---|---|---|---|---|---|---|---|---|
| P | A | I | N | F | Z | F | B | E |
| A | E | C | O | U | T | E | A | U |
| T | L | R | K | J | C | O | W | E |
| E | T | Q | D | H | B | N | L | C |
| O | I | Y | A | R | R | K | V | U |
| T | D | P | M | N | I | V | I | E |
| X | O | H | H | Y | F | X | A | L |
| N | E | H | A | J | A | U | N | L |
| R | Q | R | N | W | U | A | D | E |
| J | V | L | A | R | D | I | E | R |
| C | X | B | P | F | E | X | E | U |
| U | G | O | B | E | R | G | E | R |

# Le 20 sur 20

Avez-vous bien lu les fabliaux et le dossier ? Les 10 premières questions concernent l'œuvre, les 10 suivantes le dossier. Vous pouvez vous autoévaluer en vérifiant les réponses qui sont à l'envers, à la page suivante.

**1.** Qu'arrive-t-il au Cupide et à l'Envieux ?

**2.** Comment le personnage du père, dans *La couverture partagée*, se met-il en mauvaise posture ?

**3.** De quel fabliau cette leçon est-elle tirée : « Sauvez du gibet un larron qui vient de commettre un méfait, jamais il ne vous aimera et bien plus il vous haïra » ?

**4.** Quels sont les deux personnages coupables de gourmandise ?

**5.** Quel type de comique le titre *Le prêtre au lardier* indique-t-il ?

**6.** Quels sont les deux fabliaux où l'on rencontre des enfants ?

**7.** Quel jeu de mots trouve-t-on dans les reproches adressés à Brifaut par son épouse ?

**8.** Dans *Les trois aveugles de Compiègne*, quel personnage joue des tours à tous les autres ?

**9.** Citez au moins deux métiers issus de l'artisanat présents dans les fabliaux.

**10.** Les chevaliers sont-ils fiers et courageux dans les fabliaux ?

**11.** Comment appelle-t-on le français parlé au Moyen Âge ?

**12.** Que signifie le verbe « se goberger » ?

**13.** Vous souvenez-vous des sept péchés capitaux ?

**14.** De quel fabliau Molière s'est-il inspiré pour composer *Le Médecin malgré lui* (1666) ?

**15.** Donnez le nom d'au moins deux monnaies utilisées au Moyen Âge.

**16.** D'après vous, pourquoi ne connaît-on pas grand-chose de la vie des auteurs des fabliaux ?

**17.** Que signifie le verbe « étriller » ? En quoi relève-t-il du comique de gestes ?

**18.** Quelle est la valeur du présent utilisé dans les proverbes ou la leçon finale d'un fabliau ?

**19.** Quel est le sens de *fabula* en latin ? Donnez quatre mots français créés à partir de ce terme.

**20.** Qui peut raconter un fabliau au Moyen Âge ?

## RÉPONSES

1. L'un devient borgne, l'autre aveugle.
2. Il propose de laisser tous ses biens à son fils en échange du gîte et du couvert, mais sa bru finit par ne plus accepter cette situation et contraint son mari à le mettre à la porte.
3. *Le prudhomme qui sauva son compère*.
4. Le curé avec les mûres et l'épouse avec les perdrix.
5. Le comique de situation.
6. *Le prêtre au lardier* et *La couverture partagée*.
7. « Brifaut, tu l'as bien brifaudée. »
8. Le clerc.
9. Savetier et boucher.
10. Non. Ils sont souvent désargentés et contraints de s'adapter à leur pauvreté (mariage avec une femme d'une classe sociale moins élevée, par exemple).
11. L'ancien français.
12. Manger goulûment.
13. L'avarice, la colère, l'envie, la gourmandise, la luxure, l'orgueil et la paresse.
14. *Le vilain mire*.
15. Denier, sou, livre, besant.
16. Ce sont des textes qui ont circulé surtout oralement. Au Moyen Âge, il n'y a pas encore la notion de propriété intellectuelle, les récits appartiennent à tout le monde.
17. Étriller signifie malmener, maltraiter. Le comique de gestes qu'il évoque est lié aux coups que reçoivent les personnages.
18. Le présent de vérité générale.
19. *Fabula* signifie « histoire que l'on raconte ». Ce mot est à l'origine de fable – fabliau – affabuler – affabulation.
20. Un jongleur, un ménestrel ou encore un poète amateur.

# NOUS AVONS LA PAROLE

# À nous de jouer

## *Mettre le ton*

Pour rendre la lecture d'un texte vivante et compréhensible, il faut mettre le ton. **La ponctuation vous donne des indications sur la façon de poser votre voix.** Quand une phrase se termine par un simple point, on baisse la voix. Quand elle se termine par un point d'interrogation, on monte le ton. Quant aux exclamations, il s'agit d'analyser le sentiment exprimé pour choisir la bonne tonalité : à l'oral, un cri de désespoir ne sonnera pas comme un hurlement de joie.

**a)** Lisez les extraits suivants en y mettant le ton :

« Hélas ! dit-elle, que ferai-je ? Que dire, si je mange tout ? Mais pourrais-je laisser le reste ? J'en ai une si grande envie ! Ma foi, advienne que pourra ; il faut que je la mange toute. » (*Les perdrix*, p. 21.)

« Les entendant se désoler, il se met alors à crier : "Eh bien ! eh bien ! où allez-vous ? Je suis là tout endolori, accablé, perclus, défaillant ; je suis en bien triste posture, lardé de ronces et d'épines !" » (*Le prêtre qui mangea les mûres*, p. 25.)

**b)** Entraînez-vous ! Sur quel ton prononceriez-vous les exclamations suivantes ?

– « Formule ta demande, ou bien je te battrai plus que ne le fut âne sur un pont ! » (*Le Cupide et l'Envieux*, p. 7)

– « Maudit sois-tu, fils ! » (*La couverture partagée*, p. 8.)

– « Taisez-vous, voyons ! Vous dites des bêtises. Mon Dieu, que les hommes sont malappris ! » (*Le boucher d'Abbeville*, p. 52.)

## Mimer

Les fabliaux étaient souvent récités et joués par le jongleur ou le ménestrel devant un public, des badauds dans une foire ou un seigneur et ses convives lors d'un banquet, par exemple. Nos récits comportent donc généralement des indications sur la façon dont les personnages se déplacent ou agissent.

Tandis qu'un camarade récite le texte, amusez-vous à mimer cet extrait de *Brifaut* (p. 35).

« Un jour, s'en allant à la foire, il avait chargé ses épaules de dix aunes de bonne toile qui, devant, lui battait l'orteil et qui traînait sur ses talons. Un larron le suivait de près, qui médita un mauvais tour : il passe un fil dans une aiguille, soulève la toile de terre, la serre contre sa poitrine et la coud sur lui à sa cotte. Alors il se frotte au vilain qui s'est engagé dans la foule ; tant il le tire et tant le pousse que l'autre choit de tout son long et que la toile tombe à terre : le larron vite l'escamote et va se perdre dans la presse. »

## Adapter pour le théâtre

Adapter un texte, c'est le récrire pour le transposer d'un genre littéraire à un autre, ici de la narration au théâtre. Voici comment l'on pourrait imaginer l'adaptation d'un passage des *Trois aveugles de Compiègne*. Les indications données entre parenthèses guident le jeu des acteurs et s'appellent les didascalies.

LE CURÉ *(criant)* – Sire Nicolas *(d'un doigt autoritaire :)* venez ici, et à genoux !

L'HÔTELIER *(ferme et décidé)* – Je suis venu pour autre chose ; payez-moi donc mes quinze sous.

LE CURÉ *(hochant la tête)* – Vraiment, il a perdu la tête, que le Seigneur lui vienne en aide ! Il délire, je le vois bien. *(Il met l'évangile sur la tête de l'hôtelier et ouvre la bouche pour lire.)*

L'HÔTELIER *(cherchant l'approbation des paroissiens)* – Écoutez, écoutez : ce prêtre-là veut me berner et j'ai failli perdre le sens quand il m'a apporté son livre.

LE CURÉ *(à voix basse, menaçant)* – Beau doux ami, je vous conseille, quoi qu'il vous en coûte, de vous recommander à Dieu ; ainsi vous serez soulagé.

L'HÔTELIER *(déterminé)* – J'ai chez moi du travail à faire et n'ai cure de cette affaire. Je veux à l'instant mon argent.

*(Le prêtre est effrayé. D'un geste, il appelle les paroissiens qui s'attroupent autour de lui.)*

LE CURÉ – Tenez-moi cet homme ; c'est un fou, je n'en doute plus.

*(Les paroissiens empoignent l'hôtelier et lui saisissent les deux mains.)*

L'HÔTELIER (*s'écriant*) – Je ne suis pas fou, je le jure par saint Cornille et par la foi due à ma fille ! *(Menaçant :)*Vous me paierez mes quinze sous ! N'essayez pas de me tromper.

**a)** De quel accessoire avez-vous besoin pour mettre en scène ce passage ? Combien de personnages sont-ils nécessaires pour le jouer ?

**b)** Répartissez-vous les rôles.

**c)** Apprenez vos répliques par cœur.

**d)** Mettez le texte en scène en respectant bien les intonations indiquées dans les didascalies et en intégrant les gestes et les déplacements.

À vous d'adapter maintenant un autre extrait des 12 *Fabliaux* (p. 21-22) :

« Mais voici venir le vilain ; il pousse la porte et s'écrie :

"Dis, les perdrix sont-elles cuites ?

– Sire, fait-elle, tout va mal, car les chats me les ont mangées."

À ces mots, le vilain bondit et court sur elle comme un fou. Il lui eût arraché les yeux, quand elle crie :

"C'était pour rire. Arrière, suppôt de Satan ! Je les tiens au chaud, bien couvertes.

– J'aurais chanté de belles laudes, foi que je dois à saint Lazare. Vite, mon bon hanap de bois et ma plus belle nappe blanche ! Je vais l'étendre sur ma chape sous cette treille, dans le pré.

– Mais prenez donc votre couteau ; il a besoin d'être affûté et faites-le couper un peu sur cette pierre, dans la cour." L'homme jette sa cape et court, son couteau tout nu dans la main. »

**Pour réussir cet exercice d'écriture, posez-vous les questions suivantes : combien de personnages ? Qui dit quoi ? Sur quel ton ? Avec quels gestes et quel(s) accessoire(s) ?**

# Organisons le débat

Les fabliaux se terminent souvent sur une leçon morale, un enseignement à tirer de l'histoire qui vient de nous être contée.

À partir des deux exemples suivants, choisissez de défendre un point de vue. Reprenez les arguments esquissés dans le tableau et trouvez-en d'autres. Ensuite, développez-les. Illustrez vos arguments avec des exemples tirés du texte ou de votre propre expérience.

## *Aider ou non son prochain ?*

*Le prudhomme qui sauva son compère* raconte l'histoire d'un pêcheur qui sauve un homme de la noyade mais l'éborgne par accident. Ce dernier se retourne contre son sauveur parce qu'il l'a blessé.

| **Il faut aider son prochain** | **Il faut bien réfléchir avant d'aider son prochain** |
|---|---|
| – Il faut porter assistance à toute personne en danger.<br>– C'est le principe même de la solidarité : on ne laisse pas quelqu'un dans la détresse.<br>– C'est faire preuve d'humanité.<br>– On pourrait être soi-même à la place de celui qu'il faut aider. | – « Rendre service à un perfide, c'est là vraiment perdre son temps. »<br>– Le sauveur ne tire aucun bénéfice de cette aventure, pas même la reconnaissance de celui qu'il a sauvé.<br>– À toujours proposer son aide, cela finit par se retourner contre soi.<br>– On n'est pas toujours certain que celui à qui on prête assistance le veuille vraiment. |

## *Rendre la justice*

À la fin du *Boucher d'Abbeville*, le conteur nous invite à trancher et à donner raison à l'un des trois personnages : « qui doit avoir la peau ? Le prêtre, sa femme, ou la jeune délurée ? » Fourbissez vos arguments !

| **Le prêtre** | **La dame** | **La servante** |
|---|---|---|
| – Il a acheté une peau de mouton qui lui appartenait déjà !<br>– Maître de sa maison, c'est à lui que revient cette peau.<br>– Il a été doublement abusé par le boucher. | – Le boucher lui a promis la peau de mouton.<br>– Elle a payé de sa personne pour obtenir cette peau.<br>– Elle use de violence envers la servante pour obtenir la peau.<br>– Elle est supérieure à la servante dans la hiérarchie de la maison. | – C'est à elle la première que le boucher a promis cette peau de mouton.<br>– Elle a peu de choses, ce serait justice qu'elle obtienne au moins la peau de mouton.<br>– Le prêtre la protège et lui donnera la peau plutôt qu'à la dame. |

À vous d'écrire ! Imaginez une scène au tribunal où chaque personnage vient défendre son point de vue pour obtenir la peau du mouton. Présentez votre texte sous la forme d'un dialogue théâtral.

# PROLONGE-MENTS

# Groupement de textes, « Héros, héroïnes et héroïsmes » : donner un soufflet

Dans ce groupement de textes, nous vous proposons d'examiner un geste rencontré plusieurs fois dans nos fabliaux : le soufflet, autrement dit la gifle. Ce geste, théâtral par excellence, les dramaturges lui ont donné maintes significations. Il porte plus ou moins à conséquence, peut faire rire ou pleurer, relever du comique ou du tragique.

## *Le Cid (1637)*

*Corneille (1606-1684)*

(« Folioplus classiques »)

*Nous sommes au début de la pièce. Chimène et Rodrigue s'aiment et espèrent se marier. Don Diègue, le père de Rodrigue, se montre favorable à cette union. Ce n'est pas le cas du Comte Don Gomès, le père de Chimène : rendu amer par l'honneur qui vient d'être rendu par le roi au vieux Don Diègue, il n'est pas prêt à céder la main de sa fille.*

DON DIÈGUE

Je le sais, vous servez bien le roi :
Je vous ai vu combattre et commander sous moi[1].
Quand l'âge dans mes nerfs[2] a fait couler sa glace,
Votre rare valeur a bien rempli ma place ;
Enfin, pour épargner les discours superflus,
Vous êtes aujourd'hui ce qu'autrefois je fus.

---

1. Sous mes ordres.
2. Dans mes muscles.

Vous voyez toutefois qu'en cette concurrence[1]
Un monarque entre nous met quelque différence.

LE COMTE

Ce que je méritais, vous l'avez emporté.

DON DIÈGUE

Qui l'a gagné sur vous l'avait mieux mérité.

LE COMTE

Qui peut mieux l'exercer en est bien le plus digne.

DON DIÈGUE

En être refusé n'en est pas un bon signe.

LE COMTE

Vous l'avez eu par brigue, étant vieux courtisan[2].

DON DIÈGUE

L'éclat de mes hauts faits fut mon seul partisan[3].

LE COMTE

Parlons-en mieux, le roi fait honneur à votre âge.

DON DIÈGUE

Le roi, quand il en fait, le mesure au courage.

LE COMTE

Et par là cet honneur n'était dû qu'à mon bras.

DON DIÈGUE

Qui n'a pu l'obtenir ne le méritait pas.

---

**1. Compétition, rivalité.**
**2. Homme de cour.**
**3. Mon seul atout.**

LE COMTE

Ne le méritait pas ! Moi ?

DON DIÈGUE

Vous.

LE COMTE

Ton impudence,
Téméraire vieillard, aura sa récompense.

*(Il lui donne un soufflet.)*

DON DIÈGUE

Achève, et prends ma vie après un tel affront,
Le premier dont ma race ait vu rougir le front.

LE COMTE

Et que penses-tu faire avec tant de faiblesse ?

DON DIÈGUE

Ô Dieu ! ma force usée en ce besoin[1] me laisse !

LE COMTE

Ton épée est à moi ; mais tu serais trop vain[2],
Si ce honteux trophée avait chargé ma main.
Adieu : fais lire au prince, en dépit de l'envie,
Pour son instruction, l'histoire de ta vie :
D'un insolent discours ce juste châtiment
Ne lui servira pas d'un petit ornement.

(Acte I, scène 4)

---

**1. Situation critique, périlleuse.**
**2. Trop fier.**

## Questions

***1.** Au théâtre, la stichomythie présente un affrontement de deux personnages vers à vers. Montrez que Don Diègue et le Comte se disputent. À quel sujet ?*
***2.** À quel moment le Comte commence-t-il à tutoyer Don Diègue ? D'après vous, que signifie ce changement de pronom personnel ?*
***3.** Au XVII^e^ siècle, « l'affront » désigne une grave offense. D'après vous, pourquoi Don Diègue utilise-t-il ce terme pour évoquer le soufflet qu'il vient de recevoir ? Quelle conséquence immédiate envisage-t-il alors ?*
***4.** Imaginez la suite de cette scène. Si la logique des liens familiaux se met en place, que va-t-il advenir de Rodrigue ? De Chimène ?*

## *L'Avare* (1668)

*Molière* (1622-1673)

(« Folioplus classiques »)

*Cette scène se situe au début de la pièce. C'est la première apparition d'Harpagon, l'avare. Le spectateur en a entendu parler – et pas en bien ! – dans les deux premières scènes. Il le voit maintenant en pleine action, face à La Flèche, le valet du fils de la maison.*

HARPAGON. – Hors d'ici tout à l'heure, et qu'on ne réplique pas. Allons, que l'on détale de chez moi, maître juré filou ; vrai gibier de potence.

LA FLÈCHE. – Je n'ai jamais rien vu de si méchant que ce maudit vieillard ; et je pense, sauf correction[1], qu'il a le diable au corps.

HARPAGON. – Tu murmures entre tes dents.

**1. Formule qu'on utilise pour s'excuser à l'avance de ce qu'on va dire, ici employer le mot « diable ».**

LA FLÈCHE. – Pourquoi me chassez-vous ?

HARPAGON. – C'est bien à toi, pendard ; à me demander des raisons : sors vite, que je ne t'assomme.

LA FLÈCHE. – Qu'est-ce que je vous ai fait ?

HARPAGON. – Tu m'as fait, que je veux que tu sortes.

LA FLÈCHE. – Mon maître, votre fils, m'a donné ordre de l'attendre.

HARPAGON. – Va-t'en l'attendre dans la rue, et ne sois point dans ma maison planté tout droit comme un piquet, à observer ce qui se passe, et faire ton profit de tout. Je ne veux point avoir sans cesse devant moi un espion de mes affaires ; un traître, dont les yeux maudits assiègent[1] toutes mes actions, dévorent ce que je possède, et furettent[2] de tous côtés pour voir s'il n'y a rien à voler.

LA FLÈCHE. – Comment diantre voulez-vous qu'on fasse pour vous voler ? Êtes-vous un homme volable, quand vous renfermez toutes choses, et faites sentinelle jour et nuit ?

HARPAGON. – Je veux renfermer ce que bon me semble, et faire sentinelle comme il me plaît. Ne voilà pas de mes mouchards[3], qui prennent garde à ce qu'on fait ? Je tremble qu'il n'ait soupçonné quelque chose de mon argent. Ne serais-tu point homme à aller faire courir le bruit que j'ai chez moi de l'argent caché ?

LA FLÈCHE. – Vous avez de l'argent caché ?

HARPAGON. – Non, coquin, je ne dis pas cela. *(À part.)* J'enrage. Je demande si malicieusement tu n'irais point faire courir le bruit que j'en ai.

LA FLÈCHE. – Hé que nous importe que vous en ayez, ou que vous n'en ayez pas, si c'est pour nous la même chose ?

HARPAGON. – Tu fais le raisonneur ; je te baillerai[4] de ce raisonnement-ci par les oreilles. *(Il lève la main pour lui donner un soufflet.)* Sors d'ici encore une fois.

LA FLÈCHE. – Hé bien, je sors.

---

1. Surveillent.
2. Fouinent.
3. Espions.
4. Je te ferai entrer.

HARPAGON. – Attends. Ne m'emportes-tu rien ?

LA FLÈCHE. – Que vous emporterais-je ?

HARPAGON. – Viens çà, que je voie. Montre-moi tes mains.

LA FLÈCHE. – Les voilà.

HARPAGON. – Les autres.

LA FLÈCHE. – Les autres ?

HARPAGON. – Oui.

LA FLÈCHE. – Les voilà.

HARPAGON. – N'as-tu rien mis ici dedans ?

LA FLÈCHE. – Voyez vous-même.

HARPAGON. *Il tâte le bas de ses chausses*[1]. – Ces grands hauts-de-chausses[2] sont propres à devenir les recéleurs[3] des choses qu'on dérobe ; et je voudrais qu'on en eût fait pendre quelqu'un.

LA FLÈCHE. – Ah ! qu'un homme comme cela, mériterait bien ce qu'il craint ! et que j'aurais de joie à le voler !

HARPAGON. – Euh ?

LA FLÈCHE. – Quoi ?

HARPAGON. – Qu'est-ce que tu parles de voler ?

LA FLÈCHE. – Je dis que vous fouilliez bien partout, pour voir si je vous ai volé.

HARPAGON. – C'est ce que je veux faire. *(Il fouille dans les poches de La Flèche.)*

LA FLÈCHE. – La peste soit de l'avarice, et des avaricieux.

HARPAGON. – Comment ? que dis-tu ?

LA FLÈCHE. – Ce que je dis ?

HARPAGON. – Oui. Qu'est-ce que tu dis d'avarice, et d'avaricieux ?

LA FLÈCHE. – Je dis que la peste soit de l'avarice, et des avaricieux.

HARPAGON. – De qui veux-tu parler ?

LA FLÈCHE. – Des avaricieux.

HARPAGON. – Et qui sont-ils ces avaricieux ?

---

1. Sorte de pantalon qui habillait les jambes du genou à la ceinture.
2. Culotte.
3. Cachette.

LA FLÈCHE. – Des vilains, et des ladres[1].

HARPAGON. – Mais qui est-ce que tu entends par là ?

LA FLÈCHE. – De quoi vous mettez-vous en peine ?

HARPAGON. – Je me mets en peine de ce qu'il faut !

LA FLÈCHE. – Est-ce que vous croyez que je veux parler de vous ?

HARPAGON. – Je crois ce que je crois ; mais je veux que tu me dises à qui tu parles quand tu dis cela.

LA FLÈCHE. – Je parle... Je parle à mon bonnet.

HARPAGON. – Et moi, je pourrais bien parler à ta barrette[2].

LA FLÈCHE. – M'empêcherez-vous de maudire les avaricieux ?

HARPAGON. – Non ; mais je t'empêcherai de jaser[3], et d'être insolent. Tais-toi.

LA FLÈCHE. – Je ne nomme personne.

HARPAGON. – Je te rosserai, si tu parles.

LA FLÈCHE. – Qui se sent morveux, qu'il se mouche.

HARPAGON. – Te tairas-tu ?

LA FLÈCHE. – Oui, malgré moi.

HARPAGON. – Ha, ha.

LA FLÈCHE, *lui montrant une des poches de son justaucorps*. – Tenez, voilà encore une poche. Êtes-vous satisfait ?

HARPAGON. – Allons, rends-le-moi sans te fouiller.

LA FLÈCHE. – Quoi ?

HARPAGON. – Ce que tu m'as pris.

LA FLÈCHE. – Je ne vous ai rien pris du tout.

HARPAGON. – Assurément.

LA FLÈCHE. – Assurément.

HARPAGON. – Adieu. Va-t'en à tous les diables.

LA FLÈCHE. – Me voilà fort bien congédié.

HARPAGON. – Je te le mets sur ta conscience au moins. Voilà un pendard

---

**1. Autrefois, signifiait lépreux.**
**2. Te faire des reproches.**
**3. Dire n'importe quoi.**

de valet qui m'incommode fort ; et je ne me plais point à voir ce chien de boiteux-là.

(Acte I, scène 3)

**Questions**

***1. Cette pièce de Molière est une comédie.***
***a) Son titre, L'Avare, joue sur le comique de caractère. Montrez qu'Harpagon est obnubilé par l'argent.***
***b) Dans cette scène, relevez des exemples de comique de gestes et de comique de mots.***
***2. La Flèche cherche-t-il à rassurer Harpagon ? Justifiez votre réponse.***
***3. Quels rapprochements pouvez-vous opérer avec les personnages des fabliaux ?***

## Les Boulingrin (1898)

*Georges Courteline (1858-1929)*

(« Folio théâtre »)

*Cette pièce de Georges Courteline met en scène Monsieur des Rillettes, célibataire, qui a fait la connaissance du couple Boulingrin qu'il trouve charmant. Un soir, il est invité à dîner. Mais le repas tourne rapidement au vinaigre : les Boulingrin se détestent cordialement. Des Rillettes est indirectement victime de cette haine conjugale.*

*Ils se sont emparés de des Rillettes, et, de force, chacun d'eux, avide d'avoir raison, lui fait ingurgiter du potage mélangé avec du vin, cependant que l'infortuné, les dents obstinément serrées, oppose une héroïque défense.*

MADAME BOULINGRIN. – Est-il bête !

BOULINGRIN. – C'est curieux, cette obstination ! Puisque je vous dis que vous êtes fichu d'en claquer !

MADAME BOULINGRIN, *à son mari*. – Dis donc, quand tu auras fini de gaver M. des Rillettes !... Est-ce que tu le prends pour une volaille ?

BOULINGRIN. – Et toi, le prends-tu pour une éponge ?

MADAME BOULINGRIN. – Saleté !

BOULINGRIN. – Gueuse !

MADAME BOULINGRIN. – Peste !

BOULINGRIN. – Choléra !... Et puis, tiens !

*De sa main lancée avec violence, il envoie à Madame Boulingrin le contenu de son assiette.*

DES RILLETTES, *qui a tout reçu*. – Oh !

BOULINGRIN, *s'excusant*. – Pardon ! simple inadvertance.

MADAME BOULINGRIN, *folle de rage*. – Goujat ! Ignoble personnage ! Tiens !

DES RILLETTES, *ruisselant d'eau rougie*. – Ah !

MADAME BOULINGRIN. – Excusez. C'est bien sans l'avoir fait exprès. Là-dessus, nous allons en finir. C'est toi qui l'auras voulu.

*Elle tire de sa poche un revolver.*

BOULINGRIN, *terrifié*. – À moi ! Au secours !

*Il se réfugie derrière des Rillettes.*

MADAME BOULINGRIN. – Tu vas mourir !

DES RILLETTES, *à Boulingrin qui s'est fait de lui un paravent*. – Ah non, eh !... Lâchez-moi ! Pas de blagues !

BOULINGRIN, *au comble de l'effroi*. – Ne bougez pas, bon sang de bonsoir !

MADAME BOULINGRIN, *ajustant*. – Ôtez-vous, monsieur des Rillettes !

BOULINGRIN. – Non ! Non !

MADAME BOULINGRIN. – Ôtez -vous de là ! Je tire.

BOULINGRIN. – Restez ! Je suis un homme perdu. Je la connais, elle est capable de tout ! Protégez-moi, monsieur des Rillettes ! C'est à ma vie qu'elle en a !... Ah ! la misérable ! la gueuse ! Au secours ! Au secours !

MADAME BOULINGRIN. – Ah ! c'est comme ça ! Vous ne voulez pas vous retirer ? Eh bien ! tant pis pour vous si vous y laissez votre peau ! Il faut que ça finisse ! Il faut que ça finisse ! La mesure est comble ! Gare l'obus !

DES RILLETTES. – Monsieur Boulingrin, par pitié !… Madame Boulingrin, je vous en prie !… je ne veux pas mourir encore !… Quelle sale inspiration j'ai eue de venir passer la soirée !…

*Tumulte. Les trois personnages hurlent à l'unisson.*

BOULINGRIN, *brusquement*. – Oh ! Quelle idée !… *(Il souffle la lampe.)* Vise-moi donc, maintenant !…

*Nuit complète sur la scène, de même que dans la salle, et, du sein de ces ténèbres profondes, surgissent, en hurlements, les phrases suivantes :*

LA VOIX DE BOULINGRIN. – Ah ! tu voulais m'assassiner ?… Pif !

*Bruit d'une gifle.*

LA VOIX DE DES RILLETTES. – Oh !

LA VOIX DE MADAME BOULINGRIN. – À mon tour… Paf !

LA VOIX DE DES RILLETTES. – Ah !

*Tumulte nocturne. On entend : « Canaille ! Crapule ! Poison ! Escroc ! » et le bruit de quatre nouvelles gifles, que l'infortuné des Rillettes reçoit, non sans protestation, les unes après les autres.*

LA VOIX DE MADAME BOULINGRIN. – Et puis, feu !

*Coup de pistolet.*

LA VOIX DE DES RILLETTES, *éploré*. - Une balle dans le gras !!!

LA VOIX DE BOULINGRIN. – Ah ! tu tires ? Eh bien, je casse la glace !

LA VOIX DE MADAME BOULINGRIN. – Ah ! tu casses la glace ? Eh bien ! je casse la pendule !

LA VOIX DE BOULINGRIN. – Ah ! tu casses la pendule ? Eh bien je casse tout.

*Des meubles culbutés s'écroulent.*

LA VOIX DE MADAME BOULINGRIN. – Ah ! tu casses tout ? Eh bien je mets le feu !

*Galopades, hurlements.*

LA VOIX DE DES RILLETTES. – Faites donc attention, nom de Dieu ! Vous me marchez sur la figure !

LA VOIX DE BOULINGRIN. – Chamelle !

LA VOIX DE MADAME BOULINGRIN. – Enfant de coquine !

LA VOIX DE BOULINGRIN. – Fille de voleur !

LA VOIX DE MADAME BOULINGRIN. – Gredin !

*Des Rillettes soupire douloureusement et geint. Soudain, par les portes ouvertes, du fond et des côtés, c'est la lueur rouge de l'incendie. La scène s'éclaire d'une teinte de sang.*

DES RILLETTES, *affolé*. – L'incendie !!! Au feu ! Au feu !

*Il se précipite vers le fond ; mais, juste comme il va sortir, survient Félicie, un seau d'eau à la main, accourue pour porter secours.*

FÉLICIE. – Le feu ?... Voilà !

*Elle lance le contenu de son seau à toute volée.*

DES RILLETTES, *inondé des pieds à la tête*. – Charmante soirée !

*La scène s'achève dans le vacarme assourdissant d'une maison livrée à des fous, cependant qu'au dehors la pompe, qui se rapproche au grand galop de son attelage, meugle lugubrement deux notes, toujours les mêmes.*

*Puis :*

BOULINGRIN, *brusquement apparu sur le seuil de la pièce et qui se détache en noir sur la clarté d'un feu de Bengale*. – Ne vous en allez pas, monsieur des Rillettes. Vous allez boire un verre de Champagne !

## Questions

***1.** Le vaudeville est une comédie qui n'a d'autre ambition que de faire rire. Il s'articule généralement autour de trois personnages, le mari, l'amant, la femme. Ce genre théâtral, fondé sur le comique de situation, regorge d'actions et de rebondissements.*

*a) Trouvez des exemples de comique de situation.*

*b) Établissez la chronologie des événements.*

***2.** La gifle relève du comique de gestes. Qui reçoit des gifles ? Pourquoi est-ce drôle ?*

***3.** Que pensez-vous de la dernière réplique ?*

# La guerre de Troie n'aura pas lieu (1935)

*Jean Giraudoux (1882-1944)*

(« Folio théâtre »)

*Avec* La guerre de Troie n'aura pas lieu, *Jean Giraudoux s'empare du mythe homérique. La pièce se déroule juste avant la guerre, alors que les personnages des deux camps s'affrontent verbalement. Parmi tous les hommes, seul Hector, prince troyen, fils de Priam et d'Hécube, mari d'Andromaque et frère aîné de Pâris, refuse la guerre. Parmi toutes les femmes, seule Hélène, épouse du roi grec Ménélas enlevée par Pâris, ne craint pas les combats.*

Scène neuvième

HÉLÈNE, ANDROMAQUE, OIAX[1], *puis* HECTOR

[...]

OIAX. – Où est-il ? Où se cache-t-il ? Un lâche ! Un Troyen !

HECTOR. – Qui cherchez-vous ?

---

**1.** Un Grec.

OIAX. – Je cherche Pâris…

HECTOR. – Je suis son frère.

OIAX. – Belle famille ! Je suis Oiax ! Qui es-tu ?

HECTOR. – On m'appelle Hector.

OIAX. – Moi je t'appelle beau-frère de pute !

HECTOR. – Je vois que la Grèce nous a envoyé des négociateurs. Que voulez-vous ?

OIAX. – La guerre !

HECTOR. – Rien à espérer. Vous la voulez pourquoi ?

OIAX. – Ton frère a enlevé Hélène.

HECTOR. – Elle était consentante, à ce que l'on m'a dit.

OIAX. – Une Grecque fait ce qu'elle veut. Elle n'a pas à te demander la permission. C'est un cas de guerre.

HECTOR. – Nous pouvons vous offrir des excuses.

OIAX. – Les Troyens n'offrent pas d'excuses. Nous ne partirons d'ici qu'avec votre déclaration de guerre.

HECTOR. – Déclarez-la vous-mêmes.

OIAX. – Parfaitement, nous la déclarerons, et dès ce soir.

HECTOR. – Vous mentez. Vous ne la déclarerez pas. Aucune île de l'archipel ne vous suivra si nous ne sommes pas les responsables… Nous ne le serons pas.

OIAX. – Tu ne la déclareras pas, toi, personnellement, si je te déclare que tu es un lâche ?

HECTOR. – C'est un genre de déclaration que j'accepte.

OIAX. – Je n'ai jamais vu manquer à ce point de réflexe militaire !… Si je te dis ce que la Grèce entière pense de Troie, que Troie est le vice, la bêtise ?…

HECTOR. – Troie est l'entêtement. Vous n'aurez pas la guerre.

OIAX. – Si je crache sur elle ?

HECTOR. – Crachez.

OIAX. – Si je te frappe, toi son prince ?

HECTOR. – Essayez.

OIAX. – Si je frappe en plein visage le symbole de sa vanité et de son faux honneur ?

HECTOR. – Frappez…

OIAX, *le giflant*. – Voilà… Si madame est ta femme, madame peut être fière.

HECTOR. – Je la connais… Elle est fière.

Scène dixième

LES MÊMES, DEMOKOS[1]

DEMOKOS. – Quel est ce vacarme ! Que veut cet ivrogne, Hector ?

HECTOR. – Il ne veut rien. Il a ce qu'il veut.

DEMOKOS. – Que se passe-t-il, Andromaque ?

ANDROMAQUE. – Rien.

OIAX. – Deux fois rien. Un Grec gifle Hector, et Hector encaisse.

DEMOKOS. – C'est vrai, Hector ?

HECTOR. – Complètement faux, n'est-ce pas, Hélène ?

HÉLÈNE. – Les Grecs sont très menteurs. Les hommes grecs.

OIAX. – C'est de nature qu'il a une joue plus rouge que l'autre ?

HECTOR. – Oui. Je me porte bien de ce côté-là.

DEMOKOS. – Dis la vérité, Hector. Il a osé porter la main sur toi ?

HECTOR. – C'est mon affaire.

DEMOKOS. – C'est affaire de guerre. Tu es la statue même de Troie.

HECTOR. – Justement. On ne gifle pas les statues.

DEMOKOS. – Qui es-tu, brute ? Moi, je suis Demokos, second fils d'Achichaos !

OIAX. – Second fils d'Achichaos ? Enchanté. Dis-moi, cela est-il aussi grave de gifler un second fils d'Achichaos que de gifler Hector ?

DEMOKOS. – Tout aussi grave, ivrogne. Je suis chef du Sénat. Si tu veux la guerre, la guerre jusqu'à la mort, tu n'as qu'à essayer.

OIAX. – Voilà… J'essaie.

---

**1. Personnage inventé par Giraudoux. Le *–os* final rappelle les noms grecs.**

*Il gifle Demokos.*

DEMOKOS. – Troyens ! Soldats ! Au secours !

HECTOR. – Tais-toi, Demokos !

DEMOKOS. – Aux armes ! On insulte Troie ! Vengeance !

HECTOR. – Je te dis de te taire.

DEMOKOS. – Je crierai ! J'ameuterai la ville !

HECTOR. – Tais-toi !... Ou je te gifle !

DEMOKOS. – Priam ! Anchise ! Venez voir la honte de Troie. Elle a Hector pour visage.

HECTOR. – Tiens !

*Hector a giflé Demokos. Oiax s'esclaffe.*

## Questions

***1. L'extrait du Cid se caractérisait par des stichomythies. Montrez que dans la scène 9, même si le texte n'est pas écrit en vers, l'action s'accélère et la situation se tend.***
***2. Dans la scène 9, la gifle permet de mettre Hector à l'épreuve de la violence. À quel moment Oiax gifle-t-il Hector ? Comment le prince troyen réagit-il ?***
***3. Les deux gifles de la scène suivante sont-elles de même nature ? Justifiez votre réponse.***
***4. Les personnages se partagent en deux camps : d'un côté les pacifistes, de l'autre les bellicistes. Montrez qu'Oiax appartient à cette dernière catégorie.***
***5. D'après vous, à l'issue de ces deux scènes, le spectateur peut-il savoir si la guerre aura lieu ?***

# Histoire des arts

Au verso de la couverture en début d'ouvrage :

## *Le Mariage paysan*, 1567

**PIETER BRUEGEL L'ANCIEN (1528-1569)**

**HUILE SUR PANNEAU.KUNSTHISTORISCHES MUSEUM, VIENNE.**



**1.** Dans quel lieu le repas de noce se déroule-t-il ? Justifiez votre réponse en relevant des indices précis.

**2.** Observez les couleurs. Comment se répartissent-elles dans l'espace ? Que mettent-elles en évidence ?

**3.** Tracez les lignes de force du tableau. Où se situe la ligne de fuite ? Comment s'organisent les différents espaces ?

**4.** Un repas de noce.

a) Où est la mariée ? Est-elle l'objet de toutes les attentions ?
**Indice** : la mariée porte une couronne nuptiale. Selon la tradition, elle n'avait le droit ni de manger, ni de parler.

b) Tous les personnages participent-ils au banquet ?

c) Un air de fête se dégage-t-il de cette scène ? À quoi les personnages sont-ils surtout occupés ?

**5.** Observez la porte sortie de ses gonds et faisant office de plateau. D'après vous, que mangent les convives ?

**6.** Quels autres aliments sont-ils servis ?

**7.** D'après vous, à quelle catégorie sociale les participants au banquet appartiennent-ils ?
**Indice** : comparez les couleurs utilisées pour les vêtements avec l'enluminure du *Chevalier errant*.

**8.** Identifiez les musiciens, les serveurs, une petite fille, un notaire et un chien.

**Indice** : le notaire, assis sur une chaise ancienne, est mieux vêtu que les autres.

9. Recherchez une représentation des *Noces de Cana* de Véronèse (1562-1563), peinte quelques années plus tôt. Quels rapprochements peut-on opérer avec notre œuvre ? Établissez une liste de ressemblances et de différences.

Au verso de la couverture en fin d'ouvrage :

## *Médecin au chevet d'un malade*

**ENLUMINURE AU DÉBUT DU LIVRE DES COMMENTAIRES DES *APHORISMES D'HIPPOCRATE* PAR GALIEN, XIVe SIÈCLE.**

**BIBLIOTHÈQUE MUNICIPALE, REIMS, MS 1003. PHOTO © REIMS, BM.**

1. Recherche documentaire : qu'est-ce qu'une enluminure ? Sur quel type de support cette œuvre est-elle produite ?
2. Huit couleurs sont utilisées en enluminure : le noir, le blanc, le rouge, l'ocre, le bleu, le violet, le vert et le rose. Lesquelles de ces couleurs ne sont pas présentes ici ?
3. Donnez un titre à cette scène.
4. Quelle couleur domine dans la représentation du malade ? D'après vous, que symbolise cette couleur ?
5. Cette enluminure doit vous rappeler le fabliau du *Vilain mire*. Imaginez le dialogue entre le mire et son patient. Quelle ruse pourrait-il inventer pour soigner son malade ?

## *Le Marché des Champeaux à Paris*

**THOMAS III DE SALUCES (1356-1416)**

**DES MARCHANDS DE BÉTAIL ET DE VOLAILLES, DES DRAPIERS.**

**MINIATURE TIRÉE DU *CHEVALIER ERRANT*, VERS 1403-1404.**

**BIBLIOTHÈQUE NATIONALE DE FRANCE, PARIS. PHOTO © BNF.**

1. Malgré les dimensions minuscules de cette enluminure, la scène représentée est très précise. Décrivez-la (organisation de l'espace, personnages et animaux, bâtiments).

Thomas III de Saluces, *Le Marché des Champeaux à Paris*.

**2.** Observez les édifices. Où se situent les maisons ? La porte de la ville ? La loge du garde armé ? Justifiez vos réponses.

**3.** La place : comment s'organise-t-elle ? Quel monument trouve-t-on en son centre ? D'après vous, à quoi sert-il ? Qu'est-ce qui recouvre le sol ?

**4.** Que peut-on acheter dans une foire au Moyen Âge ?

**5.** Observez les personnages : nobles, bourgeois, marchands et paysans apparaissent sur cette enluminure. Identifiez-les et décrivez leurs tenues. Voici quelques indices pour se repérer : plus la robe est longue, plus on s'élève dans la société ; plus on est représenté grand, plus on occupe une place prestigieuse !

**6.** L'art au Moyen Âge : les proportions sont-elles respectées ? Comment cette image est-elle structurée ?

**7.** Cette enluminure présente une scène de foire dans une ville imaginaire et idéale. Observez les portes des bâtiments : d'ordinaire, elles sont fermées parce que les habitants ont peur des voleurs. D'après vous, pourquoi l'artiste les laisse-t-il ouvertes ?

## *Jugement dernier*

**GIOTTO (vers 1267-1337)**

**1306, FRESQUE, CHAPELLE DES SCROVEGNI, PADOUE.**



L'étude de cette fresque permet de comprendre pourquoi les fabliaux insistent tant sur les défauts des personnages. Ceux-ci sont là pour faire rire mais rappellent aussi combien l'idée de péché plane en permanence sur les consciences médiévales.

**1.** Recherche documentaire : qu'est-ce qu'une fresque ? Qu'est-ce qui la distingue d'un tableau ?

**2.** Au Moyen Âge, on vit dans la crainte de la mort, car c'est la façon dont on se conduit durant sa vie qui détermine le salut de l'âme après le trépas. Le Jugement dernier, c'est ce moment où l'âme est jugée : soit elle peut gagner le paradis, soit elle part pour l'enfer. Situez ces deux espaces sur la fresque et décrivez-les.

**3.** Quel personnage semble décider du sort des âmes ?

**4.** Enrico Scrovegni est le commanditaire de la fresque de Giotto et de la chapelle où elle figure : c'est-à-dire que c'est lui qui en a passé commande à l'artiste et les a offertes à l'Église. C'est chose courante à l'époque : quelle que soit sa fortune, on effectue des donations au clergé pour assurer le salut de son âme. Les commanditaires sont souvent représentés dans les œuvres. Ici, Enrico Scrovegni est agenouillé au pied de la croix. Aidé d'un clerc, il offre à la Vierge et à deux autres personnages la chapelle qu'il a payée. Observez la position du Christ, ainsi que sa gestuelle. Montrez qu'il accueille Scrovegni avec bienveillance.

**5.** Décrivez le monstre qui officie en enfer. Pourquoi fait-il peur ? Qu'arrive-t-il aux âmes damnées ?

**6.** Les scènes de Jugement dernier sont nombreuses au Moyen Âge. Trouvez-en une autre représentation, sur le tympan d'une église par exemple, et comparez-la avec l'œuvre de Giotto.

Giotto, *Jugement dernier.*

## ***Dans la même collection***

N° 1 – *Les Fourberies de Scapin* – Molière

N° 2 – *L'Enfant* – Vallès

N° 3 – *Trois courtes pièces* – Molière

N° 4 – *12 fabliaux*

N° 5 – *Le vieil homme et la mer* – Hemingway

N° 6 – *Boule de suif* – Maupassant

*Composition Dominique Guillaumin*
*Impression Novoprint*
*à Barcelone, le 03 mai 2016*
*Dépôt légal : mai 2016*
ISBN 978-2-07-079315-0./Imprimé en Espagne.

302087